두고 온 것

두고 온 것

강영숙 소설

문학동네

나를 이끌어준 엄마에게

차
례

어른의

맛

일주일에 한 번 정도 승신과 호연은 날을 정해 점심을 함께 먹었다. 호연은 키가 크고 골격이 가늘어 다소 유약해 보이는 사람이었다. 승신은 애가 없었지만 호연은 애가 둘이나 있었는데, 그 아이들에 관한 얘기를 할 때 호연의 얼굴은 다른 때보다 유독 환해졌다. 그렇다고 해도 승신은 별로 화가 나지 않았다. 아이들이란 다 귀한 존재라고 믿었기 때문이었다. 또한 승신은 호연의 와이프에 대해서도 별로 나쁜 감정을 갖지 않았다. 와이셔츠 소매 끝까지 깨끗하게 빨고 다리는 일 등, 말끔한 호연의 이미지는 사실 그 와이프의 노동의 대가로 이루어진 것이라고 여겼기 때문이었다.

오전 열한시 삼십분경, 승신이 호연의 회사에서 멀지 않은 곳에 있는 식당을 정해 미리 가 자리를 잡았다. 순식간에 사원카드를 목에 건 사람들이 밀려들어오고 호연은 열두시 오분쯤이면 식당으로 왔다. 그는 늘 승신이 사준 미세먼지 차단용 마스크를 착용하는 걸 잊지 않았다. 호연을 위해 해줄 수 있는 건 단지 그것뿐이라는 듯, 승신은 0.4마이크로미터 크기의 미세입자까지 차단하는 황사 마스크를 찾아 신촌의 백화점과 약국을 돌아다녔다. 차단지수가 높은 신상품이 출시될 때마다 호연에게 그 기사를 스크랩해 보내주기도 했다. 서울에서는 한낮에도 황사 마스크를 쓰고 다니는 건 물론 강박적으로 손을 씻고 자주자주 안약을 넣어야 했다. 호연은 최근까지만 해도 눈자위가 붉어지면서 이물감이 느껴진다며 안과에 드나들었는데 지금은 좀 나아진 상태였다.

두 사람은 주로 조미료를 잔뜩 넣은 콩나물무침과 중국산 고춧가루를 쓴 겉절이김치에 대구탕이나 추어탕을 먹었다. 가끔은 스테이크 같은 걸 먹기도 했지만 대부분 비슷한 종류의 음식을 반복해서 먹었다. 혹시라도 아는 사람을 만나 곤란해질 것을 대비해 보험회사 직원처럼 클리어 파일 하나를 테이블 위에 올려두었다. 파일 표지에는 '보험이 당신을 부자로 만들 수는 없지만, 최소한 당신을 가난하게 만들지는 않습니다'라는 문구가 인쇄되어 있었다. 승신이 최근 가입한 주택화재보험의 보험증권을 넣어두었던 파일을 들고 나온 것이었다. 승신은 아주 자주, 집에 화재가 나거나 지진이 일어나 아파트 건물이 폭삭 내려앉는 상상을 하곤 했다.

넌 왜, 양파나 고추 같은 것은 먹지 않아?

둘은 대학 동기였기 때문에 반말을 했다. 호연은 승신이 무슨 말을 하면 경청하는 자세를 보였고 금세 행동을 수정했다.

메인이 아니니까 잘 안 먹게 되던데.

승신은 그건 맞는 말이라는 듯 고개를 끄덕였다.

메인만 먹으며 살기도 바쁘니까.

호연은 말을 마치고 주변 테이블을 한번 둘러본 뒤 입꼬리를 올리고 웃었다.

호연은 서울을 끔찍하게 싫어했고 자기 어머니처럼 폐암에 걸려 죽을지도 모른다며 늘 불안해했다. 언젠가 베이징 출장을 갔을 때, 호연은 처음 며칠은 날씨가 너무 좋다고 난리였다. 이렇게 좋은 날씨는 십 년 만이라 온 시민이 기뻐한다며 승신에게 맑은 하늘 사진 여러 장을 보냈다. 하지만 출장 후반으로 접어들면서는 온통 잿빛에 자전거 뒷바퀴만 보이는 사진, 꼭대기의 화려한 장식이 뭉그러진 빌딩 사진, 부유물에 잠긴 듯한 도시 사진 등 언리얼한 장면들이 담긴 사진을 보내왔다. 출장에서 돌아온 뒤에는 급기야 호흡기내과에 가 엑스레이를 찍어보고 나서야 안심하는 눈치였다. 승신이 중국 출장을 자주 다니는 남편은 단 한 번도 날씨 타령을 하지 않았던 걸 기억하고 남편에게 베이징 날씨는 어떠냐고 물어볼 정도였다.

사람 사는 데가 다 그렇지. 왜, 중국 가고 싶어? 언제 한번 같이 갈까?

승신은 남편의 대답에 간단히 고개를 두 번 가로저었다.

밥을 먹고 나면 테이크아웃 커피를 사 들고 시청 주변을 걸었다. 아침부터 서둘러 집을 정리하고 나온 승신은 금세 나른함을 느꼈지만 상체를 꼿꼿이 한 채 걸었다. 거리 산책의 즐거움도 짧은 늦겨울과 초봄에 잠깐이었고, 초봄부터는 황사가 심해져 작은 커피숍에 틀어박혀 있는 날이 많았다. 승신과 호연은 언젠가 한번 지하 대형서점의 독서 테이블에 앉아서 자연재해를 특집으로 다룬 월간지를 읽다가 승신이 아는 여자를 만났다. 피하고 말고 할 수도 없는 순간의 일이었다. 그후로는 여러 사람들이 드나드는 프랜차이즈 커피숍도 피하고 테이블이 한두 개인 커피숍에만 갔다. 호연은 늘 승신이 하는 얘기를 들으며 갈색 냅킨을 딱지처럼 접었고 승신은 딱지의 네 칸에 둘의 이름을 번갈아가며 적었다. 유치한 짓거리를 하는 사이 시간은 금세 갔고 호연은 손목시계를 가리켰다. 점심시간은 오 분 남짓 남아 있었다.

호연은 산책 덕분인지 회사로 돌아갈 때는 뭔가 활기가 생긴 듯 씩씩하게 걸어갔다. 승신은 그가 은행 건물 모퉁이에서 왼쪽 길로 사라질 때까지 내내 쳐다보다가 양산을 꺼내 활짝 펼쳐 들었다. 승신의 가방 속에는 의료비 실비 청구서나 백화점 쿠폰이 들어 있었고, 호연을 만나는 날에는 그런 일을 처리하고 집에 가는 걸로 계획을 잡곤 했다.

두 달에 한 번 정도, 호연이 월차를 낼 수 있는 날이면 외곽으로 나가 함께 시간을 보냈다. 늘 승신이 행선지를 정했고 호연은 승신이 하자는 대로 하는 편이었다. 승신은 대체로 호수를 낀, 녹음이 짙고 다소 조용한 장소를 떠올리곤 했는데, 막상 가보면 미세먼지 때문에 전원 풍경 따위는 포기하고 반나절 내내 실내에만 틀어박혀 있을 때가 많았다. 봄기운이 퍼지듯 전국으로 확산되는 미세먼지 때문에 이번에는 어디로 가야 할지 아직 정하지 못한 상태였다.

승신은 호연과 편하게 만날 수 있는 공간을 갖고 싶었다. 혼자서 그 집에 관한 상상을 하면 조금씩 즐거워졌다. 호연이 좋아하는 대형 아톰 피규어도 갖다놓고 마당에는 모래 더미도 만들고 모래 속에는 젤리피시나 물고기 모양의 장난감도 넣어두고 싶었다. 골조가 튼튼하다면 플라잉 요가를 위한 해먹도 하나 달고 싶었다. 궁극적으로는 한 공간에서 둘이 죽게 되더라도 지저분하거나 흉한 그림이 되지는 않을 분위기를 꿈꿨다. 승신과 호연이 가까워진 건 승신의 어머니와 호연의 아버지가 자살로 생을 끝냈다는 공통점 때문이었다. 처음 그 사실을 발설했을 때를 제외하고 그 일에 대해 입을 연 적은 한 번도 없었다. 그러나 부모가 물려준 유전자의 한계를 벗어나지 못할 거라는 불안감 때문인지 승신과 호연은 심리적 결속력이 매우 강했다.

*

3월이 되면서 서울의 미세먼지 농도가 세제곱미터당 이백 마이크로그램을 넘는 날이 많아졌다. 그것 때문일까. 웬일인지 두 달이 지나도록 호연은 월차를 내지 않았고 늘 이어지던 점심 데이트도 뜸해졌다. 가족 중에 누가 아프거나 뭔가 말 못할 일이 있겠지 하고 기다렸지만 별 설명도 듣지 못한 채 3월 말이 가까워졌다. 승신은 살고 있는 동네의 여성발전센터 교육생 모집공고를 들여다보며 베이킹 클래스에나 다녀볼까 생각하기도 하고, 전에 배웠던 일본어를 더 배워볼까 싶어 수강 장바구니에 관심 강좌를 담아두느라 홈페이지를 들어갔다 나갔다 했다. 이런저런 딴생각을 하려해도 머릿속은 호연으로 꽉 차 있어서 아무것도 할 수가 없었다. 여러 번 연락을 한 뒤 겨우 연결이 됐는데, 호연의 목소리는 침착하고 냉랭했다. 기침이 심해져 병원에 갔고 알레르기성 비염에 천식 진단이 나와 입원을 했다는 것이었다.

그런데 어떻게 나한테 연락을 안 할 수가 있어?

승신은 따져 물었다.

연락을 하면 어쩔 건데?

자신이 할 수 있는 일이 많지 않다는 걸 모르지 않았고 그래서 승신은 호연의 말에 아무런 대꾸도 할 수 없었다.

너도 조심해. 기침한다고 감기로 알면 큰일난다. 숨쉬기가 이렇게 어려워서야.

그러고 나서도 몇 마디 더 했는데 폐기종 같은 중증 폐질환에 걸릴까 전전긍긍하는 말들뿐이었다.

승신이 호연의 얼굴을 보게 된 건 4월 말이었다. 중국발 스모그와 황사 때문에 커피숍 밖의 거리는 온통 마스크 천지였다. 호연은 승신의 말을 들으면서 냅킨을 두 손으로 작게 작게 접고 있었다. 승신은 A4 종이를 꺼내 가상의 공간을 그리면서 설명하는 중이었다.

니 생각엔 어때? 괜찮지?

승신은 호연 쪽으로 상체를 더 밀며 물었다. 승신이 늘 상상해왔던 둘만의 공간의 구도와 분위기를 그려 보여준 것이었다.

만일 우리가 여기 나란히 누워 죽은 채 발견된다면 말이야, 사람들은 뭐라고 할까?

순간 호연이 아이스커피를 스트로로 마구 젓기 시작했다. 얼음 부딪치는 소리가 옆 테이블에까지 들릴 정도로 컸다.

넌 참 안 변하는 거 같아. 지금 우리가 하는 대화가 성인들이 하는 대화가 맞나 싶다.

승신은 호연이 컵 속에서 스트로를 뽑아 탁자 위에 올리고 바지에 손바닥을 닦는 모습을 가만히 지켜보았다. 머리 뒤쪽에서부터 표현할 길이 없는 감정이 급속도로 몰려왔고 급기야 평정심을 잃었다. 그 순간에도 호연은 주머니에서 마스크를 꺼내 입을 가렸다. 커피숍의 알바생이 다가와 옆자리의 빈 컵과 냅킨을 치우면서 승신과 호연 쪽을 슬쩍 넘겨다보았다. 승신은 그 알바생의 시선이 뭔가 결정적인 신호라도 되는 것처럼 자리에서 벌떡 일어났다. 숨을 쉴 수가 없었다. 지금껏 자신이 호연을 만나온 이유가 살기 위해서였는지 죽기 위해서였는지 혼란스러웠다. 승신은 클리어 파일을 자리에 둔 채 커피숍을 나와 호연의 회사와 반대 방향으로 걷기 시작했다. 상점가 보도를 계속해서 걷는 동안 한 번도 뒤를 돌아보지 않았다. 신호 두 개를 건너 광장 입구까지 다다랐을 때 피켓을 들고 시위하는 사람들이 보였다. 거기 멈춰 서서 그 피켓의 문구를 본 순간 승신은 울었다.

IS로부터 우리의 아이들을 구합시다!

*

의정부에 살아. 살이 많이 쪘지만 한번 보자.

전화를 받았을 때 승신은 처음에는 입꼬리를 올릴 정도로 웃다가 나중에는 눈물까지 흘리며 웃었다.

정말 보고 싶다. 내가 닭 잡아줄게, 빨리 만나자.

수연은 말 그대로 어릴 때 승신에게 닭을 잡아준 적이 있는 친구였다. 의정부도 서울도 아닌 북쪽의, 분지로 이루어진 N시에서의 일이었다. 열여섯, 열일곱 살쯤이었다. 그 분지 지역에는 양계장이 많았다. 수연은 양계장집 맏딸이었고 남동생이 하나 있었다. 승신은 수연에게 또래 아이들과 다른 어떤 우아함이 있다고 느끼곤 했는데, 무엇에도 크게 흥분을 하지 않는 태도 때문이었다.

너는 거기 가만히 있어, 내가 닭 잡아줄게!

처음에 이사했을 때는 눈을 돌리면 어디에나 있는 흰 캡슐 모양의 시설들이 뭔지 잘 몰랐다. 평평한 땅 위에 끝도 없이 늘어서 있는 불투명한 양계용 비닐하우스는 그 지역의 군인들 숫자만큼이나 많았다. 수연의 집에는 담벼락도, 대문도 없어 비닐하우스가 도로와의 경계를 표시하고 있는 셈이었다. 안쪽으로 들어가면 길고 긴 비닐 호스가 땅 위에 혈관처럼 얽혀 있고 허벅지까지 올라오는 장화를 신은 일꾼들이 왔다갔다하는 모습이 보였다. 수연의 집은 모든 비닐하우스가 한눈에 보이는 위치에 있었다. 마루 아래 여러 켤레의 슬리퍼와 샌들이 놓여 있어 그나마 집 같았다고 할까. 승신은 값싼 모노륨을 깐 마루 위에서 수연이 닭 잡는 모습을 지켜보았다.

수연은 집에서 가장 가까운 비닐하우스를 향해 걸어가 닭 한 마리를 손에 쥐고 다시 빠른 걸음으로 걸어왔다. 수연이 가까이 올수록 닭의 비명이 커져서 승신은 귀를 틀어막아야 했다. 수연은 수돗가에 앉아 가끔씩 승신의 얼굴을 돌아보다가 어느 순간 닭 모가지를 확 비틀었다. 조금 전까지만 해도 수연의 손에 잡혀 꽥꽥거리던 닭은 순식간에 조용해졌다. 몹시 검붉은 색의 닭 피가 개

숫물 통로를 따라 하수구로 내려가는 모습은 더럽다기보다 개운했다. 수연은 제법 숙련된 손놀림으로 수돗가 옆에서 끓고 있던 냄비에 닭을 담갔다가 꺼낸 뒤 누렇게 색이 변한 닭의 털을 뽑기 시작했다. 조금씩 드러나는 닭의 몸통은 징그럽고 신기했다. 승신은 팔뚝에 점처럼 튄 피를 찾아 하나씩 하나씩 손가락 끝으로 문질러 지웠다. 승신은 약간 충격을 받았지만 닭은 맛있었고 더할 수 없이 즐거웠다.

승신의 아버지는 직업군인이었다. N시에 가게 된 것도 아버지의 잦은 근무지 변경 때문이었다. 군인이라고 하면 대단한 군기가 있을 거라고 생각하는 사람이 많지만 군복을 벗으면 그냥 동네 아저씨들과 똑같았다. 아버지의 근무지가 바뀔 때마다 승신은 낯선 도시로 이사를 가야 했고, N시로 가게 되었을 즈음엔 더이상 새로운 도시에 대한 아무런 호기심도 없을 만큼 이사와 전학에 지쳐 있었다.

N시로 이사하기 직전에 살던 P시에서의 일이었다. 친구들과 가까스로 친해졌는데 또 이사를 해야 하자 반복되는 감정놀음에 지쳐 승신은 몹시 화가 났다. 기계적으로 이삿짐을 싸는 식구들에게 승신의 상태는 관심 밖이었다. 그녀는 거실 소파에 앉아 있다가 벌떡 일어나 자기 방으로 들어갔다. 그리고 잘 때마다 꼭 안고 자던 곰 인형 또야와 어떻게 해서 자기 소유가 됐는지도 기억나지 않는 아메리칸 걸 인형을 양팔에 안고 집밖으로 나갔다. 타닥타닥

슬리퍼 소리를 내며 골목을 돌고 돌아 버스 정류장으로 갔고 거기서 버스를 탔다. 가족들과 함께 가곤 하던 유원지를 떠올렸던 터였다.

영원히 거기서 그러고 있을 것처럼, 둥글게 팔을 돌려 솜사탕을 말아 파는 남자가 라디오를 틀어놓은 채 유원지 입구를 지키고 있었다. 승신은 남자가 뭐라고 하든 말든 입구를 지나 안쪽으로 줄기차게 걸어들어갔다. 평일 대낮의 한산한 유원지는 겁이 날 정도로 고요했다. 나무숲 위 허공에 정지한 대관람차의 일부가 보이는 순간 슬픔이 복받쳐올랐다. 승신은 길을 벗어나 숲으로 뛰어들어갔고, 두 손으로 흙을 파내기 시작했다. 흙은 몹시 단단해서 손으로는 단 한줌도 파내지지 않았다. 버스에서부터 울기 시작한 승신의 눈은 이미 퉁퉁 부어 있었다. 승신은 인형을 든 채 주변을 돌아봤고 유독 어두운 색깔의 커다란 나무 한 그루를 발견했다. 밑동이 비어 있는, 썩어가는 나무였다. 승신은 인형 두 개를 밑동의 구멍 안에 넣고 천천히 걸어나왔다. 어두운 나무 안에 인형들의 다리만 보이던 순간의 기억은 내내 그녀를 따라다녔다.

호연에게 먼저 고백한 건 승신이었다. 그녀는 첼리스트 데이비드 달링의 '다크 우드' 앨범을 호연에게 선물했다. 호연은 그닥 뜨거운 반응을 보이거나 하지는 않았지만 그 음악을 듣고 차분하게 쓴 편지 몇 통을 보내왔다. 승신은 호연을 처음 만났을 때 그 나무를 떠올렸다. 점 하나가 다른 점을 만나 의미가 발생하는 순간의 일들인 것처럼, 나란히 앉은 리프트가 덜컹하고 흔들리며 어둠 속으로 빠르게 안착하는 기분이었다.

*

수유리, 창동까지 가보기는 했지만 의정부까지 오기는 처음이었다. 승신은 의정부 가능역에 내려 광택이 나는 역사 바닥에 발을 디딘 순간 왠지 숨통이 트이는 기분이 들었다. 승신은 언젠가 1950년대 의정부 사진을 본 적이 있었다. 강원도의 어디이거나 전라남도의 어디라고 해도 특별히 다를 게 없을 평범한 사진이었다. 흔하디흔하게 생긴 높지 않은 산을 배경으로, 어디에나 있는 야트막하고 작은 집들, 울창하지 않은 나무들, 몸집이 작은 사람들, 오종종한 물건을 난전에 늘어놓은 잡화 가게들, 거의 옷을 입지 않고 거리에서 노는 애들. 차가운 회벽 냄새 같은 것이 나는 풍경이었다.

지하철역 근처는 족발집 천지였다. 떡볶이집, 분식집, 옷 수선집, 문구점, 뜨개질 숍 등이 나란히 있는 역 앞에서 잠깐 방향을 살폈다. 트렌치코트 자락이 얕은 바람에도 심하게 부풀었다. 다마스 용달 한 대가 지나가는 통에 머리카락이 한쪽으로 납작하게 쏠렸다.

고등학교 앞에까지 와서 전화해. 내가 나갈 테니까.

전화통화에서 수연이 했던 말을 떠올렸다. 교복을 입은 아이들이 승신이 걷는 방향으로 다가왔다. 근처에 학교가 있다는 증거였다. 모두들 하나같이 손에 휴대폰을 들고 있었다. 그때 승신은 보았다. 모눈종이처럼 의정부 상공을 둘러싸고 있는 황사를. 그 순간에는 어떤 해도 끼치지 않을 것 같아 보였지만 몇 시간 후면 교복 입은 아이들도, 의정부도 모두 집어삼킬 것이 분명했다.

수연과 승신의 우정이 끝난 건 그 분지 지역을 휩쓴 조류독감 때문이었다. 물론 1997년 홍콩에서 유행한 조류독감 바이러스가 1990년대 초반 그 분지 지역에 퍼졌을 리 없으니 승신이 잘못 기억하는 것인지도 몰랐다. 어쨌든 그날 수연은 학교에 오지 않았다. 보통 때 같으면 결석 이유를 담임선생님이 설명해주곤 했지만 그날은 아무런 설명도 없었다. 수연이네 집 아는 사람? 담임이 물었을 때 승신은 조용히 손을 들었고 손을 든 사람은 혼자뿐이었다. 학교가 끝나고 담임의 자전거 뒷자리에 타고 양계장으로 갔다. 니네 언제부터 친했니? 담임이 고개를 돌려 물었고 승신은 짧게 대답했다. 미술 시간에요. 엄청난 역병이 몰아닥친 지역치고는 모든 것이 너무 고요해서 오히려 이상할 지경이었다. 지난번에 수학여행 가서 니가 다쳤을 때 수연이가 너 업고 왔잖아. 니가 숨을 못 쉬니까, 자기 폐를 이식해달라면서. 우리 선생님들이 너네 둘 보고 다 웃었지. 승신은 수연에게 무슨 일이 생긴 건 아닌지 걱정되어 웃지도 못했지만 그런 일이 있었던 건 사실이었다.

수연의 집에 도착했을 때, 평소 같으면 양계장 입구 쪽에서부터 들려왔을 닭들의 울음소리나 비닐하우스 근처에 다가가면 느낄 수 있는 옅은 불빛의 일렁임 같은 것이 전혀 감지되지 않았다. 담임은 장화를 신은 채 붉은색 플라스틱 의자에 앉아 담배를 피우고 있는 인부들에게 다가가 말을 붙였다. 그들은 낮부터 취해 있어서 지나가기만 해도 소주 냄새가 났다. 승신은 용기를 내어 가장 가까운 쪽에 있는 비닐하우스의 문 쪽으로 걸어갔다.

야, 거기 들어가면 안 돼. 물러서, 큰일난다.

그때 인부 중에 누군가 소리를 질렀고 승신은 한 발짝 뒤로 물러섰다. 드러난 것이 없어도 일어난 일을 짐작할 수 있을 것 같았다.

여름방학이 시작될 무렵 승신은 수연이 다른 지역으로 이사를 갔다는 소식을 들었다. 수연이네뿐 아니라 분지 지역의 많은 양계장의 닭들이 죄다 흙속에 파묻혔다. 어른들은 집에 돌아오면 온몸을 깨끗이 씻으라고 잔소리를 해댔다.

어느 날 승신은 친구 한 명과 같이 수연의 양계장 앞을 지나가게 되었는데, 도저히 그냥 지나칠 수가 없었다. 수연이 닭의 목을 비틀던 개수대는 바짝 말라 있었고 피가 흘러내리던 부분만 색이 검게 죽어 보였다. 모노륨 마룻바닥은 먼지투성이여서 손을 올리기도 싫었다. 그래도 승신은 발끝으로 걸어 방문 앞까지 갔고 힘을 주어 문을 열었다. 이층 침대가 있던 자리에는 햇빛만 가득 들어차 있었고 레이스가 달린 흰 커튼은 아직도 창에 매달려 있었다. 승신은 가슴 한쪽이 뻐근해오는 것을 느꼈다.

야, 양계장에서 놀면 병균 옮아, 빨리 지나가자.

같이 간 친구가 말했지만 승신은 양계장 안을 봐야 했다. 비닐하우스 안에는 길쭉한 나무 송판들만 남아 있었고 지독한 냄새가 났다. 양계 비닐하우스가 기차 칸들처럼 연결되어 있다는 건 그때 처음 알았다. 승신은 닭똥 냄새에 숨이 막혀 얼른 나오려고 했다. 그런데 한 칸 지나 다른 칸에 남자애들 몇이 서 있는 게 언뜻 보였다. 그애들 앞에 한 여자애도 서 있었다. 물론 수연은 아니었고 아는 동네 애도 아니었지만, 여자애는 상의를 벗은 채 울고 있는 것 같았다. 승신은 아무것도 못 본 척 그 자리를 벗어났다. 그러나 나중에 승신은 그 장면조차도 다른 곳에서 본 장면과 오버랩된 것이 아닐까 의심하곤 했다.

1호선 시청역에서 지하철을 타고 한 시간쯤 왔고 지금이 일곱 시니 아무리 길게 늘어진다고 해도 저녁을 먹고 일어나면 밤 열한 시면 끝나겠지, 그럼 다시 신촌으로 돌아갈 수 있을 거야. 승신은 시간 계산을 했다.

야, 넌 하나도 안 변했네.

어느 골목에서인지 툭 튀어나온 늙은 여자 하나가 다가왔다. 그 여자가 바로 수연이었다. 승신은 어색함을 감출 자신이 없어 머뭇거렸다. 두 사람은 분식집으로 들어갔다. 승신이 뭔가 먹고 들어가자고 말했기 때문이었다. 이내 체구가 작은 두 남자가 들어오며 가게 안을 일별했다. 그들의 대화는 아주 짧았지만 매우 친근해 보였다.

라면도 먹겠니? 니 배고프니? 너무 많지 않나? 욕심내지 마라!

욕심은 무슨. 이것도 안 먹고 어째 일을 하겠니.

승신은 어색함을 잊어보려 열심히 떡볶이를 먹었다. 떡볶이 맛은 말할 수 없이 텁텁했다.

난 얼마 전에 한국에 왔어. 이제 여기서 살려고. 내가 전화로 다 말했지 아마.

사장님, 여기 순대도 하나 주세요.

순간 수연의 목소리와 승신의 목소리가 꼬이고 부딪쳤다. 뭔가 잘 맞지 않았다. 좀 있다 시켜도 되는데, 수연이 중요한 말을 하려는 순간이었던 것 같아서 왠지 미안했다.

넌 식탐하는 건 여전하네.

수연이 말했고 승신의 얼굴은 빨갛게 변했다.

정말 오랜만이지.

승신도 겨우 한마디하기는 했다.

그렇게 말하면서도 승신은 사실 눈앞에 있는 사람이 닭을 잡아준 친구가 맞는지 확신하지 못했다.

근데 너 누구니? 누군데 갑자기 나한테 말을 시키는 거야? 당신 누구세요? 저 아세요?

그렇게 물어보고 싶었다. 가게 밖으로 교복을 입은 아이들이 휙휙 지나갔다. 계산을 하면서 승신은 함께 라면을 먹는 남자들을 훔쳐봤다. 서로의 머리가 거의 닿으려고 했다. 승신은 옆에 있는 수연과 아직 서먹서먹했다.

집에 커피가 없는데 차 한잔하고 들어갈래? 왠지 넌 커피를 좋아할 것 같네.

수연이 말했다. 맞는 말이었다. 그때까지만 해도 승신은 계획을 수정해야 할지도 모른다고 생각하고 있었다. 어색함이 가시지 않은 상태에서 수연의 집에까지 가는 건 어려울 것 같았다.

두 사람은 다시 지하철역 쪽으로 걸었다. 늘어선 족발집들을 지나면서 길은 순식간에 깜깜해졌다. 불 꺼진 문구점의 오락기 앞에 쪼그려앉아 기계와 싸우고 있는 초등학생이 보였다. 그때 승신의 남편에게서 전화가 걸려왔다. 저녁에 문상을 가야 하는데 검은색 넥타이가 보이지 않는다며, 어디 있느냐고 물었다. 남편이 뭔가를 찾기 위해 전화를 거는 건 일 년에 한두 번 있을까 말까 한 일이었다. 승신은 최근 남편의 태도에서 특이하다고 할 만한 점이 있었나 잠깐 생각했지만 별로 기억나는 일이 없었다.

허공에 매달려 있는 것 같은 지하철역이 보였다. 승신은 그곳으로 몰려가는 백팩을 멘 아이들을 보았다. 지하철역과 아이들은 잘 어울렸고 승신도 아이들을 따라가고 싶었다. 서울로 돌아가려면 지하철을 타야 하는데 역사 안으로 성큼 들어서지 못하고 서성거렸다.

두 사람은 역사 옆 건물의 커피숍으로 들어갔다. 잎이 커다란 야자수 몇 그루가 실내 조경을 책임지고 있었다. 공기가 답답했다. 승신은 어디든 창이 없는 곳은 몹시 불안해하는 호연의 초조한 얼굴을 떠올렸다. 같이 왔다면 이 커피숍에서는 오래 머물 수 없을 것 같았다. 승신은 자기도 모르게 모든 것이 호연을 닮아가는 것 같아 불안했다. 불안해서 더 불안했다.

입고 있던 길고 거추장스러운 카디건을 벗어 의자 위에 놓았다. 한 여자가 걸어와 탁자 위에 메뉴판을 올려놓으며 말했다. 주문하세요 손님. 구석에 앉은 다른 손님 네 명이 조용히 기도하기 시작했다. 승신과 수연은 커피를 주문했고, 네 명은 계속 기도를 했다. 야자수 뒤에 숨겨놓아둔 오락 기계와 마주앉은 사람은 마치 귀신 같았다.

최소한 수연의 목소리는 옛날과 똑같았다. 골격이나 전체적인 분위기는 많이 달라졌지만 목소리 하나만큼은 거의 변함없었다.

남편을 따라 외국에서 살았어. 알제리, 사우디아라비아, 이라크 그런 곳. 아주 덥지만 밤이면 추워지는 곳들이야. 그 냉기는 끔찍해. 물론 사막도 있었어. 하지만 사막에서 살았다는 건 아냐. 그 나라에선 아주 긴 구간에 걸쳐 대규모 송유관 같은 걸 만들거나 보수 작업을 하는데 남편도 그 일을 했어. 일 년에 한 달 정도를 빼곤 아주 맑은 날만 계속되고 비가 온다고 해도 한 달 정도, 그것도 아주 조금. 남편은 일하러 가고 나는 대도시의 아파트에 살았어. 남편이 사막에서 돌아오면 즐거운 시간을 보냈지만 남편이 없는 어떤 때는 혼잣말까지 중얼거렸어. 그리고 이제 난 혼자라서, 한국에서 죽을 때까지 살려고.

커피숍 문이 열리는 것 같았지만 아무도 들어오지 않았다. 승신은 화제를 바꾸고 싶었다. 텔레비전에서 배구 경기를 하고 있었다. 용병이 있는 팀이 월등하게 앞서갔다. 승신이 텔레비전 화면으로 고개를 돌리자 수연이 말했다.

넌 배구를 잘했지, 옛날에.

응, 김연경 선수는 서브가 참 좋아.

승신은 그냥 아무 말이나 해버렸다.

김연경은 공격, 수비, 서브가 정말 다 좋아. 요즘 배구 선수들 중 최고야!

다시 또 혼잣말처럼 승신은 아무 말이나 해버렸다.

넌 아주 좋아 보인다. 뭔가 젊고, 나처럼 구질구질한 것 같지 않아.

수연이 조심스럽게 말했고 그 말 끝에 승신이 물었다.

그런데 왜 지금은 혼자니?

묻지 않을 수 없는 질문이었다. 지금의 수연은 닭을 잡던 그애라고 하기에는 양계장에서 가끔 일을 도왔던 수연의 외할머니보다도 더 늙어 보였다.

너희 부모님은?

승신은 고개를 여러 번 저었다. 결혼한 후에는 집에 자주 가지 않았다. 평범한 군인인 줄 알았던 아버지는 예편을 한 뒤 상태가 아주 나빠졌다. 늘 동네 입구의 가겟방에 혼자 앉아 막걸리를 마셨고 이십사 시간 취해 힘없는 동네 사람들과 자주 다퉜다. 칼을 든 아버지가 누군가를 찔러 죽이려고 한 사건 이후 엄마는 아주 작게 쪼그라들어버렸다. 아버지는 결국 술과 대결하다 인생을 끝냈고 엄마는 아버지와 대결하다 인생을 망쳤다. 승신은 엄마를 생각하면 모든 의욕을 잃었다. 엄마처럼 살지 않는 게 승신의 유일한 인생 목표였다.

우리집은 정말 그때 쫄딱 망했어. 그 많은 닭들을 불태워 땅에 묻고 우리 엄마는 몇 달간 일어나지도 못했어. 그 냄새가 얼마나 지독했는지, 난 평생 그 냄새를 잊을 수 없을 것 같아. 지옥이 따로 없었어. 난 지금도 목 잘린 닭들이 내 몸 위를 밟고 지나갔다가 다시 돌아와 여러 번 밟고 지나가는 꿈을 꿔.

승신은 그게 조류독감이 아니면 뭐였겠냐고 말하려다 그만두었다. 조류독감 바이러스가 사람에게는 전염되지 않는다던 학설은 이미 깨진 지 오래였다. 승신은 수연이나 자신을 포함한 N시 출신 사람들의 몸에 그 분지 지역의 조류독감 바이러스가 살아 있을지도 모른다고 의심했다. 아직 발견되지 않았을 뿐!

그러거나 말거나 승신은 호연에 관한 일들이 떠올라 견딜 수가 없었다. 승신은 두 손으로 얼굴을 문질렀다. 자꾸만 문질렀다. 마침내 승신은 수연을 보며 말했다.

집에 가서 얘기하자.

*

수연의 집은 희거나 붉거나 잿빛인 담벼락의 집들이 다닥다닥 붙은 골목길 끝에 있었다. 다른 집들이 골목 쪽을 향하고 있는 데 비해 그 집은 방과 좁은 마당이 모두 고가도로 쪽을 향해 있어서인지 호젓해 보였다. 바로 옆에는 꽤 높은 층수의 요양병원 건물이 차도 쪽을 막아주듯 우뚝 서 있어서, 왠지 병원 담벼락과 고가도로가 그 집을 보호해주고 있다는 느낌이 들었다. 승신은 남편에게 친구를 만나 좀 늦겠다고 문자메시지를 보냈다. 대답은 늘 똑같이, 알았다! 한마디뿐이었다.

집은 실제로 들어가보니 훨씬 더 아늑했다. 고가도로의 자동차 소음이 좀 걸리긴 했지만 그 정도는 아무것도 아니었다. 기역자 본채에 방 하나와 마루, 부엌이 있고 한가운데 중정이 있었다. 한쪽에는 창고 같은 별채가 있었다. 혼자 살기엔 약간 큰 집이었다. 대문에서 본채 끝까지는 스무 걸음 정도 걸으면 되었고, 고가도로 가로등이 높이 달려 있어 운치도 있는 편이었다. 특이한 건 그 집 대문으로 나가면 요양병원 담벼락을 끼고 고가 바로 아래 포장마차가 있다는 것이었다. 승신은 요양병원의 출입문이 어디에 있는지 궁금했다. 지하 주차장으로 진입해 바로 병실로 올라가는 구조가 아니라면 현관이 보이지 않을 리가 없었다. 어쨌든 포장마차 앞은 무슨 영화 세트장처럼 젊은 애들이 모여 앉아 깔깔거리고 있어 이쪽의 무연함과는 거리가 먼 분위기였다.

이 청어 새끼는 요 앞 시장에서 샀어. 소주 안주로 딱이야. 이 가지나물은 옆집 할머니가 먹으라고 준 거고. 이건 복분자술이야. 맥주 좋아하니? 우리집에 맥주도 있다.

수연은 부엌 싱크대 앞에 서서 이것저것 먹을 걸 내놓는 중이었다. 메인은 따로 있었다. 수연은 초계국수를 만든다고 했다.

집 좀 봐도 괜찮니?

승신은 대답도 듣기 전에 일어나 마루로 나갔고 비스듬히 열린 방문을 열었다. 작은 일인용 침대와 옷장 겸 수납장 하나가 다였다. 침대 옆 콘솔 위에는 수면용 눈가리개와 알람 시계가 놓여 있었다. 마루에서 나와 슬리퍼를 끌고 중정을 지나 별채 앞으로 다가갔다. 창고처럼 독립된 별채의 문은 자물쇠로 걸려 있었다. 승신은 창 앞으로 다가가 안을 들여다봤지만 아무것도 보이지 않았다. 중정은 절묘한 위치에 있는, 꽤 괜찮은 공간이었다. 마루를 깔고 풍경을 달아도 좋을 것 같았다. 갑자기 '다크 우드'의 어둡고 무거운 선율이 승신의 머릿속을 휘젓고 다니기 시작했다. 호연과 함께 커피를 타 들고 나와 중정에 앉아 있는 모습이 그려졌다가 이내 사라졌다.

초계국수의 실체는 아주 심플했다. 삶은 국수에 닭고기를 무쳐 넣고 오이와 얼음, 토마토와 백김치를 띄운 차가운 음식이었다. 승신은 습관적으로 사진을 찍어두었다. 국수 맛은 깔끔했다. 젓가락에 함께 말려 올라오는 닭고기가 부드럽고 먹기 좋았다.

저쪽 별채는 왜 문이 걸려 있어?

사실은 나도 아직 들어가보지 못했어. 이따 같이 들어가보자. 어쩌면 옆 요양병원에서 죽은 할머니들이 주무시고 계실지도 모르지. 낄낄낄.

수연은 식탁 의자 위에 두 다리를 올리고 있었는데 그러고 보니 어릴 때 모습이 보이는 것도 같았다. 고가도로 위로 쌩쌩 차가 지나가는 소리가 들렸다. 요양병원에 있는 환자들은 깊이 잠들었을 시간이었다.

니가 나중에 혼자되면, 우리 여기서 같이 살자.

순간 승신은 당황했다. 표정 관리를 하기가 어려운 말이었다. 승신의 남편은 은퇴하면 동남아에 가서 살자고 한 적이 있었다. 승신은 늙어서 같이 살자는 사람이 많다는 게 좋은 건지 나쁜 건지 잘 알 수 없었다. 왠지 수동적이고 만만한 사람으로 보는 것 같아 기분은 별로였다.

남편은 어떤 사람이야?

수연이 물었다.

아주 단순해. 난 한 번도 남편이 아프다거나 게으름을 피우는 걸 본 적이 없어. 일곱시 삼십분에 출근해서 퇴근은 늦고, 주말마다 골프 치고. 여기 의정부 어디에도 자주 오는 골프장이 있다는 얘기를 들었어. 기계 같기도 하고 어떤 때 보면 어리숙하기도 하고. 그냥 속물이지 뭐. 아니 그냥 탱크 같아. 아무 감정이 없는.

지붕 위에서 매미 소리 같은 게 들려왔지만 5월인데 벌써 매미일 리는 없다고, 승신은 접시 위의 마른 청어 새끼 한 마리를 콱 베어 물며 생각했다.

니 남편은 아주 오래 살겠구나, 그토록 건강하다니.

승신은 웃느라 청어 새끼 대신 볼살을 씹었고 둘은 또 낄낄거렸다. 수연의 표정이 순간 비장해졌다.

난 너를 찾으려고 정말 많은 사람들에게 전화를 걸었어. 넌 모를 거야. 난 포기하지 않았어.

승신은 수연의 말에 아무런 대답도 하지 않고 창밖으로 시선을 돌렸다. 보이는 것은 닫힌 문, 닫힌 문 위의 고가도로 벽면, 어두워지는 하늘이 다였다.

죽은 사람을 본 적이 있어. 남편과 일하던 한 남자가 집에서 목을 맨 채 발견됐어. 얼굴이 까맣고 조용한 사람이었는데, 침대 옆에 짐을 다 싸놓은 트렁크가 있었대. 우리는 그 사람을 서울로 돌려보내기 전에 거기 그 집에서 그냥 장례식을 했어. 그 나라 공사 관계자들이 오고 같이 일하던 사람들 몇이 오고, 우리는 아무것도 할 수가 없어서 옷장에서 깨끗한 옷을 꺼내 입히고 얼굴을 닦아주고 침대 위에 눕힌 채 가만히 서 있었어. 뭔가 노래라도 하고 그랬으면 어땠을까. 근데 아무도 그런 걸 하지 못했어. 다들 곧 닥쳐올 자기 모습을 보는 것 같은 얼굴로 가만히들 있었어. 그 남자를 보고 온 날 밤에 일교차가 심했는데, 남편이 자면서 울더라고. 엉엉 소리를 내어가면서.

초계국수 국물은 얼음이 녹고 양념이 퍼져 더없이 지저분해졌다. 승신은 수연이 앉아 있는 의자 뒤로 돌아가 수연의 목덜미를 손으로 쓰다듬어주었다. 긴장 때문이었는지 수연의 목덜미는 약간 열이 오른 상태였다.

요양병원에 도착한 앰뷸런스의 경적이 커다랗게 울렸다. 승신은 몸을 일으켜 바깥쪽을 내다봤다. 잠시 후 집이 부르르 떨리며 엘리베이터 진동음 같은 것이 들려왔다. 환자가 새로 온 게 틀림없는 듯했다. 그러거나 말거나 포장마차 앞 젊은 애들의 고성은 점점 높아졌다. 텔레비전에서는 똑같은 뉴스들이 순서까지 그대로 세번째 나오는 중이었다. 승신은 빨간색 손목시계를 들여다보았다. 호연이 선물한 시계였는데 시곗바늘이 커서 시간을 확인하기에 좋았다. 시계는 아홉시를 가리켰다. 승신은 시계를 풀어 가방 안에 넣었다.

승신은 수연을 데리고 방으로 들어갔다. N시에 살 때처럼 침대에 누워 어깨를 안고 서로의 뺨을 붙였다 떼었다. 문득 천장에 매달아놓은 드림캐처가 보였다. 승신은 더이상 호연을 생각하지 않기로 했다. 또 남편도 생각하지 않기로 했다. 무엇보다 자기 자신에 대해서는 더이상 아무것도 생각하고 싶지 않았다. 사는 건 그냥 저 드림캐처의 동그란 고리 같은 것이라고 하고 내버려두기로 했다.

수연은 닭똥 냄새 지독하던 양계장 사택에서 그랬던 것처럼 승신의 팔베개 안에서 눈을 깜박거렸다. 그리고 아주 천천히 말했다.

혹시 지진이 나서 집이 무너지면 어쩌지. 그렇게 되면 날 꼭 찾으러 와.

*

승신은 혼자서 밖으로 나왔다. 고가 아래 포장마차에는 여전히 손님이 많았다. 파라솔 아래에서 술을 마시던 애들이 몸을 밀치며 싸우고 있었다. 한 손으로 상대의 어깨를 밀고 소리를 지르고 팔을 뻗어올렸다. 삶은 저애들을 더 비관적으로 만들 거야. 승신은 애들이 살면 살수록 더 비관적으로 변할 거란 사실을 알았다. 그녀는 삶이 사람들을 더 비관적으로 만든다는 사실을 믿어 의심치 않았다.

포장마차 모퉁이를 돌자 경사진 언덕에 계단이 보였다. 고가도로 위로 올라갈 수 있는 길이었다. 고가도로 위에서 내려다본 수연의 집은 불빛도 옅어 만화책 속의 한 칸짜리 그림처럼 아주 작게 보였다. 승신은 차가 진행하는 방향으로 걷기 시작했다. 차들의 움직임이 몹시 빠르고 거칠었다. 고가 주변은 문 닫은 가게의 실루엣만 드문드문 보일 뿐 어디나 검고 어두웠다. 승신은 잘 아는 길을 걷는 것처럼, 다시 돌아오지 않을 것처럼 앞을 향해 계속 걸어나갔다. 승신은 황사에 녹다운되어가는 의정부의 밤하늘을 똑똑히 보았다.

한참을 걷다가 숨이 차올라 보도 턱으로 올라갔다. 화단에 두 팔을 뻗어 기댄 채 고개를 숙이고 여러 차례 커다랗게 숨을 쉬었다. 그때 콧속으로 비린 흙내가 올라왔고, 승신은 화단을 조성중인 듯 아무렇게나 쌓아놓은 흙더미를 만지기 시작했다. 그리고 갑자기 흙 한줌을 집어 입에 넣었다. 순식간에 입속의 수분을 모두 다 빨아들이는 흙의 맛은 승신이 언젠가 마카오에서 먹었던 비스킷의 맛을 떠올리게 했다. 카지노에서 돈을 잃은 사람들이 먹는, 마치 황사를 삼키는 것 같은, 아무 맛도 나지 않아 어른의 맛이라고 했던 그 아몬드 비스킷의 맛이었다.

두고 온 것

민수는 차 밖으로 나가지 못하고 운전석에 가만히 앉아 있었다. 몇 년 전인지는 분명하게 기억하지 못하지만, 민수는 진영과 함께 바로 이곳에 있었다. 패딩 파카 주머니에 양손을 찔러넣은 채 호텔 정문 앞으로 걸어가는 진영의 모습이 지금도 선명했다. 귀마개가 달린 검은 모자를 쓰고 부츠를 신은 진영의 뒷모습은 몹시도 가볍고 평화로워 보였다. 빨리 와봐. 진영이 민수에게 손짓했고, 민수는 차에서 나가 양발이 미끄러지지 않도록 하체에 잔뜩 힘을 준 채 보폭을 조절하며 걸었다. 몇 발짝 가지 않아 진영이 다시 몸을 돌리고 민수에게 말했다. 여기 진짜 우리가 왔던 호텔 맞네! 민수는 의심할 여지 없이 여기가 맞는다고 고개를 여러 번 끄덕이며 웃어 보였다.

용기를 내어 차 밖으로 나온 민수는 무심코 계곡 위쪽을 보았다. 주체할 수 없을 정도로 밝고 환한 빛이 무더기로 쏟아져 내리고 있었다. 민수는 또 한번, 흰 빛을 통과해 이쪽으로 걸어오는 진영을 본 것만 같았다. 민수는 진영의 동그란 어깨를 잡았고, 진영은 민수의 귀에 입술을 대고 무슨 말인가를 속삭이며 목덜미로 감겨들었다. 매우 선명한 감각이었다. 지금까지 겨우 참고 꼭꼭 뭉쳐두었던 것들이 계곡의 겨울빛에 녹아 눈앞에서 다 흩어져 내리는 것 같았다. 민수는 난간에 몸을 기댄 채 정신을 차리려는 듯 머리를 흔들어댔다. 이 모든 것은 현실이었다. 진영은 지금 여기에 민수와 함께 있지 않았다. 진영은 다른 곳에 있었다.

*

H호텔은 보수공사를 하다가 중단했다. 자연경관이 뛰어난 북한산 자락에 연해 있어 색다른 분위기를 자랑하던 호텔은 빛이 바랜 아이보리색 천막에 가려져 험한 모양새로 방치되어 있었다. 호텔 정문은 외부인 출입금지라고 적힌 큼지막한 플라스틱 안내 표지판을 단 채, 녹이 슨 두꺼운 체인을 친친 감고 있었다. 철문 너머의 경사진 호텔 진입로도 길 양편에 쌓아놓은 원목 자재와 철근들로 봉쇄된 것이나 마찬가지였다. 몇 개월 전에도 지금과 같은 상태였다.

다행히 정문 왼편의 경비초소에 사람이 보였다. 민수는 아크릴 외벽을 톡톡 두드렸다. 경비는 마스크를 쓴 채 고개도 내밀지 않고 손부터 내저었다. 민수가 이번에는 창을 두드리자 경비가 네모난 창을 옆으로 밀며 소리를 질렀다.

무슨 일이에요?

민수는 무슨 말인가를 하려다가 막 호텔 앞에서 크게 회전해 정차하려는 마을버스를 돌아봤다. 냉기 섞인 바람이 흙먼지를 일으켰다.

좀 들어가도 되죠?

민수가 따지듯 말한 순간 캡슐처럼 단단해 보이던 초소 문이 열리고 경비가 밖으로 뛰쳐나왔다. 키가 작은 노인이었다.

호텔 안 해요.

민수는 어깨에 멘 가방을 한쪽 허벅지 위에 올리고, 호텔 위탁업체에서 받은 공문을 꺼내 경비에게 내밀었다.

몇 개월 전에 왔을 때도 경비는 씨도 안 먹힌다는 듯 위탁업체의 허락이 필요하다는 말만 남긴 채 초소 문을 닫아버렸다. 민수는 사무실에서 일하는 틈틈이 동료들 눈치를 보며 위탁업체에 보낼 요청문을 썼다. 어디서부터 어디까지 말해야 호텔 방문이 이루어질까. 또 호텔 방문이 이루어진다 한들 뭘 할 수 있을까. 민수는 밤마다 먼지 속을 헤집는 기분이었다.

솔직하게 쓰는 쪽을 택했다. 와이프가 아프다. 많이 아프다. 연애할 때 갔던 호텔에 다시 가보는 것이 소원이었는데 그동안 사느라 바빠 가지 못했다. 귀사가 위탁받아 관리하는 H호텔이 바로 그곳이다. 지금 보수공사중이라고 들었는데, 그렇더라도 한번 가보고 싶다. 호텔이 없어진 것은 아니어서 정말 다행이다. 객실 사진을 몇 장 찍을 수 있으면 좋겠다. 방문을 허락해준다면 평생 감사함을 잊지 않겠다. 무슨 말을 적어도 감상적이고 유치하기는 마찬가지였다. 그러나 죽은목숨 살리는 셈 치고 따위의 표현까지는 쓸 수 없었다. 와이프의 정신이 이상하다고도 쓸 수 없었다.

얼마 전 진영은 신경정신과 병동에 입원했다. 이번이 두번째였다. 첫 입원 후 퇴원해 집에서 쉬는 동안 진영은 병원에서 처방한 약을 하나도 먹지 않았다. 민수는 진영이 살아보려 그런다고 생각해 오히려 위로했다. 약을 먹지 말고 그냥 버텨보자고도 말했다. 약을 먹으면 진영은 행동이 몹시 굼뜨고 반응이 느렸으며 말할 수 없이 느긋해졌다. 깊은 밤 진영이 잠들었을 때 민수는 진영이 복용하는 약을 먹어보았다. 너무 적은 양을 먹어서인지 민수에게는 아무런 일도 일어나지 않았다. 그때만 해도 진영은 아직 덜 망가졌고, 여러모로 괜찮은 상태였는지도 몰랐다.

진영은 길을 가다 넘어져 다친 게 아니었다. 상처 난 데를 지혈하고 꿰매면 낫는 것도 아니었다. 문제가 생긴 장기를 조금 잘라내면 나아지는 것과도 달랐다. 민수는 결코 사용하고 싶지 않은 표현이지만 진영이 미쳤다는 것을 인정할 수밖에 없었다. 사 주간의 격리병동 입원 후에 진영은 다시 집으로 돌아올 것이고, 그러고 나면 또 아무 일도 없는 일상이 계속되리라고 믿는 것만이 민수가 할 수 있는 일이었다.

멀쩡하게 회사에 잘 다니던 진영이 이상해진 게 언제부터였는지 민수는 잘 알지 못했다. 가끔 눈앞에 흰개미 같은 것이 떠다닌다고 호소하거나 사람들이 많은 곳에 가면 힘들어하며 집에 가자고 조르기는 했었다. 한밤중에 누군가 자신의 이메일 계정을 해킹했다며 머리를 질끈 묶고 밤새 눈을 부릅뜬 채 컴퓨터 화면을 노려보던 때는 그래도 괜찮았다. 그 훨씬 전, 아파트 단지에서 담배를 피우는 고등학생들을 붙들고 서서 흡연이 사람한테 얼마나 나쁜지 아느냐며, 손을 잡고 함께 반성하자고 했다는 얘기를 들었을 때도 민수는 둔하게 그냥 웃어넘겼다. 그런 일들을 가볍게 본 게 자신의 죄라면 받아들일 수밖에 없었다. 그러나 그런 행동을 했다고 해서 그걸 병과 연결시킬 수 있는 사람이 과연 몇이나 될까. 그 정도의 이상한 행동은 누구나 다 하지 않나. 민수는 서서히 억울함을 느끼기 시작했다.

민수에게 진영은 마지막 자존심이었다. 진영이 신경정신과 격리병동의 무거운 문 너머로 들어갈 때, 머리를 하나로 묶은 진영의 얼굴은 종잇장처럼 창백했다. 대리석 벽 같은 문이 닫히고 보호자는 나가달라는 말을 듣는 순간 민수는 진영을 잃을까봐 두려워졌다. 도대체 삶은 나를 어디로 데려가려고 이러나, 모든 것이다 무無로 돌아가는 게 아닌가, 민수는 눈알이 터질 듯 울었다.

진영이 입원하고 난 다음날부터 병원에서 하루에 한 차례씩 문자메시지가 왔다. 주진영 환자께서는 약도 잘 드시고 식사도 잘하고 계시니 가족들은 안심하셔도 좋습니다. 진영의 사진을 함께 보내주지 않는 것은 고통에 시달릴 가족들을 위한 최소한의 배려였을까. 곧 나을 거라고 확신했지만 병원에서 오는 메시지를 볼 때마다 확신은 조금씩 무너져갔다.

그날은 일요일이었다. 진영은 당직근무가 있다며 사무실에 출근했다. 옷차림도 멀쩡했고 무엇 하나 특이할 것이 없는 날이었다. 민수는 여느 일요일처럼 셔츠 다림질을 하고 좋아하는 코로나 맥주를 마시면서 코리안 시리즈를 보았다. 그사이 회사로 간 진영은 옆방의 동료가 자신을 수시로 감시한다며 유리로 막힌 방 창에 스프레이 풀을 뿌리고 신문지를 붙였다. 민수는 다음날 진영의 회사로 달려가 그 신문지를 떼어내느라 몇 시간씩 물을 뿌리고 유리창을 닦아야 했다. 몇 주 후 진영은 다시 동료를 처벌해달라고 쓴 피켓을 들고 회사 내의 사무실을 샅샅이 돌았다. 자신을 협박하는 것은 물론 모든 사원의 개인정보를 해킹한다며 그 동료가 쓰는 랩톱도 박살 냈다. 그 직원의 남편이 민수를 찾아와, 빚이 많아 와이프가 회사를 그만두면 안 된다고 울며 사정했다. 그래서 민수는 진영의 주장대로 그 직원이 진짜 그런 일을 했을지도 모른다고 의심하기까지 했다. 그러나 진영의 일은 시간을 들여 토론할 거리도 되지 못했고 너무 빠르게, 거침없이 정리됐다. 회사의 경영진은 맑은 수조 안을 더럽히는 물고기 한 마리를 뜰채로 건지듯 간단히 진영을 건져냈다. 민수는 그날 장모에게 전화를 걸어 진영이 많이 아프다고 말할 수밖에 없었다.

도대체 걔가 왜 그러는 거야, 같이 사는 너는 알 거 아냐.

장모가 말했을 때 민수는 당신들 집안의 유전자를 탓하라고 답하고 싶었지만 참았다.

다른 것들은 다 견딜 수 있었지만 단 하나의 일만은 도저히 용서가 안 됐다. 진영은 거래처 부장이라는 사람에게 프러포즈를 했다. 상대는 평범한 회사원이었는데 변호인을 통해 진영과는 어떤 업무 연관성도 없고 어디서 스쳐지나가다 만났는지 기억도 나지 않는다고 전했다. 진영은 그 남자에게 수십 통의 이메일과 꽃바구니, 케이크를 보냈고 직장에 찾아갔다. 그 일이 아니었다면 민수는 진영을 정신병원에 입원시키지 않았을지도 몰랐다. 진영이 미친 거라고 여겨버리면 최소한 자신이 배신을 당한 건 아니라는 계산을 했던 것도 사실이었다. 진영은 스토커로 고소당했다.

*

마을버스 운전기사는 맨손체조를 하며 커다란 소리로 기합을 토해냈다. 민수는 운전기사와 조금 떨어진 난간에 기대 다시 계곡 쪽을 바라보았다. 겨울빛이 흰 가루를 흩뿌리듯 계곡 위에서 떨어져 내렸다. 운전기사가 버스에 올라 시동을 걸었다. 십오 년 전에도 막 떠나려는 마을버스를 타기 위해 진영과 같이 호텔 위쪽에서부터 숨가쁘게 뛰어내려왔었다. 민수는 그때 호텔에서 함께 밤을 보낸 경험이 진영과 자신을 완전하게 결속시켰다고 믿고 있었다. 살면서 결속의 고리는 점차 약해졌고 이제는 어디에 기대야 할지조차 알 수 없어졌지만 민수는 그 시간만큼은 조금의 손상도 입지 않기를 바랐다.

사랑을 나눌 장소를 고를 때 진영이 H호텔을 말했다. 겨울이면 가족 모두 이 호텔에 와 따뜻한 물에 목욕하고 북한산에 올라갔다 내려오는 것으로 새해를 맞이하곤 했다는 것이었다. 그것은 진영이 가진 어린 시절의 가장 유쾌한 기억이었을 테지만, 민수와 결혼할 무렵 진영의 가족은 그때와는 많이 달라진 상태였다.

늦도록 해가 지지 않던 어느 초여름날 밤, 진영과 민수는 택시를 타고 이곳에 왔다. 진영이 밀레니엄이라는 버터처럼 부드러운 단어를 아무 말에나 붙여 남발할 때였다. 방으로 들어가자 침대 머리 쪽이 벽에 붙어 놓여 있고 양쪽에 아주 큰 창이 달려 있었다. 오른쪽 창으로는 키가 큰 나무 꼭대기와 주차된 차들이 내려다보였고 왼쪽으로는 북한산 계곡이 보였다. 하늘도, 침대도, 커튼도, 진영도 모두 다 희디흰 실루엣으로 뭉쳐져 환하게 눈이 부셨다. 다음날 느지막이 눈을 떠 오른쪽 창 아래를 내려다보았을 때, 긴 주방

모자를 쓴 호텔 셰프들이 한 방향으로 걸어가고 있었다. 키 큰 나무 꼭대기 위를 오가며 시끄럽게 우는 새들은 온종일이라도 그러고 있을 것만 같았다. 무엇보다 좋았던 것은 호텔을 감싸고 있던 초여름의 녹음과 밝고 따뜻한 생명의 기운이었다.

두 사람은 그후 얼마 지나지 않아 이 호텔에서 찍은 한국영화 한 편을 봤다. 함께 머문 방이 영화에 나온 방과 호수가 같은 게 틀림없다며 둘은 신나게 떠들고 좋아했다. 사실 호텔방의 구조라는 건 크게 보면 거기서 거기일 텐데, 복도를 지나 방으로 들어가는 각도와 하우스키퍼가 끌고 다니던 트레이까지 똑같다고 호들갑을 떨었다. 무엇보다 특이했던 것은 그 영화가 흑백이라는 사실이었다. 1970년대도 아닌 2000년대에 흑백으로 영화를 만든 의도는 알 수 없지만, 그 영화를 보기 전까지 민수의 기억에 남아 있던 호텔도 흑백이었다.

이제 호텔 안 해요. 못 들어가. 호텔을 안 한다고.

경비의 똑같은 반응에 민수는 미칠 것 같았다. 호텔은 진영을 위한 마지막 처방이 될 수 있었다.

아니 어르신, 그냥 건물 좀 보고 나오겠다는데 왜 못 들어갑니까. 제가 답신으로 받은 공문도 보셨잖습니까. 제가 여기 얼마나 오래 서 있었는지 아세요? 어르신 전화하고 커피 마시고 할일 다 하실 동안 저는 여기 이렇게 꼼짝도 안 하고 서 있었다니까요.

경비가 답답하다는 얼굴로 말했다.

이봐요, 위탁업체가 교체됐어요. 이 공문은 휴지가 됐네!

민수는 한숨을 내뱉고는 먼 곳을 바라봤다. 경비는 빨리 꺼지라는 듯 공문을 든 팔을 내민 채 서 있었다. 철문 너머로 보이는 호텔 진입로에는 그사이 그늘이 생겼고, 호텔 오른쪽으로는 스틱을 든 채 계곡 옆 등산로를 오르는 등산객 두 명의 뒷모습이 보였다. 순간 민수는 그들이 돌아보며 멍청한 놈이라고 욕을 하는 것 같아 모멸감을 느꼈고 아무 책임도 없는 경비를 붙들고 화를 내는 자신이 참을 수 없을 만큼 싫어졌다.

한참 동안 호텔 앞을 벗어나지 못하고 서성거리던 민수는 보폭을 무리하게 벌리며 등산로를 따라 올라가기 시작했다. 등산로와 호텔 진입로의 경사가 엇비슷하게 높아졌다. 그러나 한참을 올라가도 호텔은 쉽사리 한눈에 들어오지 않았다. 찌를 듯 무성한 나뭇가지가 덤불을 이룬 채 등산로 양편을 무겁게 누르고 있었다. 옆의 계곡 쪽은 물이 마르긴 했지만 꽤 깊어 보였고 마른 갈대가 무성했다. 등산을 제대로 해본 적이 없는 민수는 여러 차례 발을 헛디디고 무릎이 꺾였다.

민수는 적당한 높이의 바위 위에서 발뒤축을 올리고 호텔을 건너다봤다. 호텔은 주변의 거칠게 파헤쳐진 숲과 건물 외관을 따라 둘러친 쇠창살, 한 가닥씩 찢어져 나풀거리는 희미한 색의 방수 커튼과 곳곳에 기대 세워놓은 원목 더미로 인해 품위라고는 없어 보였다. 한겨울이어서 삭막한 탓도 있겠지만 도무지 옛날의 그 녹음이 우거지고 환하게 눈이 부시던 곳으로는 보이지 않았다. 순간, 방수 커튼 사이로 누군가 움직이는 것이 언뜻 보였다. 민수는 황급히 바위 앞쪽으로 뛰어갔다.

이봐요. 이봐요.

민수는 소리쳤다. 거리가 있는 탓에 시야가 불분명해 확실하게 무엇을 봤다고 단정하기도 어려웠다.

이번엔 계곡과 호텔 사이에 쳐진 쇠창살을 잡고 움직이는 듯한 사람이 보였다. 옅푸른빛을 띤 방역복을 입고 있었는데 건물 뒤쪽으로 순식간에 사라져버렸다.

여기요.

민수는 다시 소리쳤다. 등산로를 오르던 세 명의 등산객이 민수를 쳐다봤다. 양손을 허리 뒤로 하고 희끗희끗한 머리에는 귀마개를 한 채로, 요즘 젊은것들은 정말 머저리라고 말하는 것 같았다. 민수는 가래침을 뱉고 숨을 골랐다.

걷다보니 계곡에서 호텔로 통하는 길이 보였다. 호텔과 등산로를 가르는 담장에 자물쇠 달린 문이 있었다. 민수는 자물쇠를 가볍게 흔들어봤다. 담장은 뭔가 밟고 올라갈 것만 있다면 간단히 넘을 수도 있을 것처럼 만만해 보였다. 자물쇠가 달리지 않은 반대쪽의 문 이음매가 허술할 수도 있을 터였다. 민수가 손바닥으로 몇 차례 세게 치자, 녹슨 경첩이 떨어지며 문이 열렸다.

뭉개진 케이크처럼 금이 가버린 땅은 온통 회색으로 부식되어 있었다. 트럭 한 대와 승용차 한 대가 지붕이 내려앉은 채 호텔 앞 주차장에 방치되어 있고 녹슨 건설자재들이 군데군데 흉물스럽게 엉켜 있었다. 주변의 나무는 거의 베어지고 없었다. 새소리도 들리지 않았다. 연회용 흰색 팔걸이의자들을 켜켜이 쌓아놓은 곳 주변에는 풀이 난 자국조차 없었다. 호텔이 진영에게 아무런 도움도 줄 수 없는 곳이 되어버렸다는 걸 인정할 수밖에 없었다.

그럼에도 민수는 등산로를 걸어내려가는 대신 방수 커튼 틈새를 두 손으로 활짝 열어젖힌 뒤 건물로 다가갔다. 건물 전체를 뱅뱅 돌며 현관을 찾았지만 보이지 않았다. 그러다 철문 하나를 찾았다. 철문은 안에 있는 공기를 일순간에 뱉어내듯 팡 소리를 내며 열렸다. 일층 복도와 연결되는 문이었다. 건물 안은 상태가 나쁘지 않아 중앙 로비의 형태는 그대로였다. 그래도 오래 방치된 탓에 뭔가 심하게 썩고 고인 냄새가 나는 건 어쩔 수 없었다. 민수는 휴대폰 랜턴을 켰다. 혹시 몰라 소형 동영상 카메라도 준비해 왔지만 촬영할 만한 것이 있을지는 알 수 없었다. 중앙 계단을 중심으로 호텔 로비가 시원하게 뚫려 있었던 것이 기억났다. 중앙 계단 바로 앞이 카운터여서 민수가 방을 잡는 동안 진영은 건너편의 베이커리에서 빵을 샀었다.

오빠, 호두파이 괜찮아?

진영의 목소리가 아직도 들렸다. 진영이 무슨 말을 할 때면 민수는 그 사려 깊은 목소리에 빠져들곤 했다. 베이커리가 있던 자리는 아예 폐가구를 잔뜩 쌓아놓고 적재장처럼 쓰고 있었다. 베이커리 옆에 있던 칵테일 바 자리는 알록달록한 색깔의 유리 장식을 그대로 유지한 채 총천연색으로 썩어가는 중이었다.

다행히 이층으로 오르는 중앙 계단에는 적재물이 많지 않았다. 빈 화분이 겹쳐진 채 쌓아올려져 있고 호텔 상징이 그려진 듯한 광고용 배너가 계단 난간에 걸쳐져 있었다. 동그란 모양의 벽시계 추가 분리된 채 나뒹굴었고 스피치용 연설대 몇 개가 보였다. 이층 계단 천장은 일부분이 내려앉아 이음매가 터졌고, 석면 같아 보이는 물질이 아래로 흘러내릴 듯 허공에 붙어 흔들렸다.

진영과 묵었던 곳, 영화에도 나온 그 객실이 305호였다고 민수는 기억하고 있었다. 한 층을 더 올라가야 했다. 바닥은 우툴두툴하게 흙먼지가 쌓여 있고 계단 벽에 걸린 그림도 먼지를 뒤집어써 형체조차 분간이 되지 않았다. 민수는 피난 대피도가 붙은 철문 앞에 잠시 서 있었다. 3F라고 적힌 글자가 보였다. 문고리가 빠져 없어지고 구멍이 난 상태라 한 손으로 열기에는 역부족이었다. 간신히 문을 열자 밤바다처럼 어두운 복도 바닥이 먼저 보였다. 오른쪽으로도 왼쪽으로도 복도가 이어져 있었다. 민수는 빛이 드는 쪽으로 몸을 움직였다. 깨진 격자창으로 바깥이 내다보였다. 군데군데 구멍이 난 복도 바닥 위로 피복이 벗겨진 전선들이 미역처럼 쌓여 있는 게 보였다.

복도 왼쪽으로 홀수 번호의 방들이 이어져 있었다. 그 한가운데 줄이 끊어진 채 벽에 매달려 있는 옛날식 전화기가 보였다. 민수는 수화기를 얼굴 쪽으로 당기며 말했다.

프런트 데스크입니다. 무엇을 도와드릴까요?

좁은 복도 바닥의 어느 구간에는 혈관 같은 파이프가 드러나 있었고 바둑알처럼 굵은 흙이 민수의 신발에 밟혀 빠지직 소리를 내며 부서졌다. 민수는 301호 문을 열었다. 호텔 이용 안내문이 바람에 날려 민수의 발밑으로 떨어졌다. 침대에서 즐기는 H호텔의 굿모닝 조식 서비스! 신선한 빵, 유기농 샐러드, 에그 프라이, 오렌지주스, 아메리카노. 민수는 메뉴를 읽다가 침을 삼켰다. 어디선가 진한 커피 냄새가 나는 것 같았다. 파티, 생일 모임, 연회 환영, 각종 드레스 대여. 민수는 종이를 구겨 구석으로 던졌다.

303호는 방이 좀 컸다. 민수는 원형 유리 테이블을 앞에 두고 의자에 앉아 북한산 계곡 쪽을 올려다보았다. 진영이 맞은편 의자에 와 앉을 것만 같았다. 그때 갑자기 침대 옆 콘솔에서 전자시계 알람이 울렸고 민수는 놀란 채로 방에서 즉각 뛰쳐나왔다.

민수는 선뜻 305호 문에 손을 대지 못하고 망설였다. 얼굴에서 땀이 나고 숨이 찼다. 언젠가부터 절망적인 기분이 들면 그곳이 어디든 자리에 주저앉게 됐다. 민수는 벽에 기대고 앉아 상체를 빼고 벽 쪽창 너머로 호텔 마당을 내다보았다. 순간 땅이 흔들리는 것처럼 현기증이 일었다. 정신을 차리려고 시선을 복도로 옮기자 카펫 틈에 낀 동그란 쥐똥과 죽은 쥐가 보였다. 민수는 복도에 주저앉은 채 휴대폰을 꺼내 이평모 대리의 전화번호를 눌렀다. 하지만 더는 상사도 아닌 사람의 전화를 받을 리가 없었다. 이대리는 민수보다 세 살 아래였는데 유들유들하면서도 도무지 속을 알 수 없는 사람이었다. 민수는 자신이 회사를 그만두게 된 게 이대리 때문이라고 확신했다.

영업부 부장이 중국 출장에 들고 가야 할 점퍼 샘플을 잃어버린 것부터가 악몽의 시작이었다. 그것이 민수가 한 최대의 잘못이었다. 그날 민수는 이대리를 도와 안산 봉제공장에 출장을 갔다. 공장 주변은 신산업단지라는 이름이 무색할 만큼 삭막했다. 샘플을 보니 몇 가지 문제점이 눈에 띄었다. 중국 쪽 클라이언트의 오더를 반영해 자재부에서 내린 제작 지시서와 달리 단추는 메탈이 아닌 플라스틱이었고 지퍼도 지정한 데가 아닌 다른 업체의 것이었다. 이 상태라면 영업부 부장이 먼저 비행기를 타고, 샘플은 해외배송업체를 통해 뒤따라 보내야 할 상황이었다. 그러거나 말거나 이대리는 평온한 얼굴로 휴대폰만 내려다보다가 점심시간이 되자 공장 직원들과 같이 탁구를 쳤다. 공장 한쪽의 창고 건물에서는 외국인 직원들이 모여 선 채로 밥을 먹고 있었다. 민수는 산책하듯 그 주변을 어슬렁거리다가 동남아 사람인 듯한 남자에게 믹스커피를 얻어 마셨다.

광택을 낸 면 재질 점퍼 샘플 두 벌의 제작을 끝내고 나오니 밤 열한시였다. 샘플을 비닐로 꽁꽁 싸고 그 위에 또 부직포로 포장을 했다. 인근 공영주차장에 세워둔 이대리의 차로 가 뒷좌석에 샘플을 싣고 로데오거리에서 늦은 저녁을 먹었다.

오늘 과장님이 안 나오셨으면 일이 안 끝났을 텐데, 고생하셨습니다. 과장님 대박!

민수는 젊은 친구들한테 꼰대 소리 듣기 싫어 웬만하면 잔소리를 하지 않으려고 했지만, 이번만큼은 꼭 한마디해주고 싶었다.

너 사이코라고 소문났어.

이대리는 표정이 잠깐 굳기는 했지만 그 말을 듣고도 화를 내지 않았다.

과장님, 제가 똑똑지 못해 정말 죄송합니다. 앞으론 더 잘할게요.

사내놈이 두 손으로 하트를 그리지 않나 볼에 바람을 넣지 않나, 애교가 끝이 없었다. 이대리가 전화를 받으러 나가고, 옆 테이블에 앉은 여자애들은 큰 소리로 얘기하며 자기들 얼굴 사진을 찍어댔다. 민수는 고개를 돌려 건너편 건물 이층의 코인 노래방을 올려다봤다. 작은 박스 속에 든 사람들이 형광색 벌레처럼 몸을 움직이며 춤을 추고 있었다. 매우 이상한 광경이었다.

그후에 생긴 일들은 슬로모션처럼 느리게 지나갔다. 서울로 돌아와 이대리와 함께 간 술집은 갈색 조명이 인상적이었지만 천장이 몹시 낮아 머리를 몇 차례 부딪혔다. 사람들이 맥주를 마시다가 머리를 허리까지 꺾으며 웃었다. 한쪽에서는 일어서서 노래를 불렀고 공중에서 미지근한 액체가 떨어지기도 했다. 민수는 오랜만에 웃었다. 이대리는 말할 때마다 이유 없이 웃었는데 민수도 속없는 사람처럼 따라 웃었다. 민수는 이대리처럼 유쾌하게, 행복하게 살고 싶었다.

다음날 아침, 민수는 우유병을 문 남자 아기 인형을 안고 잠에서 깨어났다. 생전 처음 보는 인형이었다. 휴대폰은 꺼진 채 가방과 함께 거실 소파 위에 얌전히 놓여 있었다. 민수는 휴대폰을 켜 회사에 전화를 걸었다. 전화를 받은 총무부 직원의 목소리가 순간적으로 커지더니 이대리를 바꿔줬다. 이대리는 태연하게 말했다. 샘플은 민수가 가져갔다고. 아침에 직접 회사로 가지고 나오겠다며 택시에 싣고 갔다고. 민수는 아무것도 믿을 수 없었다. 민수는 곧장 이대리가 알려준 사당동의 술집 주소를 찾아갔다.

대니 친구분 아니세요? 어제 대니랑 같이 오셨잖아요.

대니요? 난 우리 이대리랑 왔는데.

두고 간 것은 없다고 했다. 민수는 바깥으로 나와 이대리에게 전화를 걸었다. 이대리는 대니가 누구냐는 물음에도, 술집에 샘플이 없다는 말에도 별 대꾸를 하지 않았다.

업무태만과 창의력 부족이라는 이유로 민수는 파면당했다. 민수의 자리로 올라간 건 이대리였다. 한 번의 실수로 사람을 자르다니, 피해의식은 저 혼자 몸을 부풀렸다. 아무리 그래도 긴 시간을 함께한 사람을 단칼에. 불안감이 엄습해오면 민수는 이대리의 전화번호를 노려보곤 했다. 사이코 자식. 민수는 간단한 인사말을 적어 문자메시지를 보냈다. 그리고 자리에서 일어나며 한 발로 유리창을 세게 찼다. 발 앞축이 유리에 닿는 순간 핑 소리를 내며 신발이 튕겨나갔다. 민수는 발이 아파 자기도 모르게 아랫입술을 깨물었다.

동그란 스틸 문고리를 잡아 돌리고 현관으로 들어선 순간 민수는 지금껏 상상해왔던 것과 전혀 다른 광경을 보고 말았다. 모노톤의 희고 깨끗한 방을 기대한 건 아니었다. 그러나 민수가 기억하고 있는 305호와 실제 305호는 구조부터 전혀 달랐다. 영화 속 모습과도 또 달랐다. 어쩌면 공통점은 애초에 하나도 없었는지도 몰랐다.

방은 벽의 한쪽만 북한산 쪽에 면해 창이 나 있었다. 벽지는 끝부분이 다 동그랗게 말려 접착면이 떨어진 채로 고약한 곰팡 냄새를 풍겼다. 곰팡이가 심한 부분은 벽지가 줄줄이 벗겨져 바닥을 향해 늘어져 있었다. 텔레비전은 브라운관이 떨어져나와 덜렁거리고 매트리스는 침대 프레임 위에 가로놓여 있었으며 베란다 문도 박살이 난 채 날카로운 유릿조각이 그대로 솟아 있었다. 벽 쪽에 붙은 재투성이 이 인용 소파는 병든 동물처럼 금세라도 식식거리며 숨을 쉴 것만 같았다. 민수가 기억하는 한, 텔레비전과 소형 냉장고 사이에 있던 협탁 위에는 흰색 양초가 하나 놓여 있었고 벽에는 꽃이 그려진 유화가 걸려 있었다. 비록 강한 세척제 냄새가 나긴 했지만 깨끗한 물컵과 흰 타월도 가지런히 놓여 있었다.

반쯤 열린 화장실 문을 열어보니 변기는 깨지지 않고 말짱했지만 타일은 죽죽 그어진 얼룩과 녹투성이였다. 그에 비해 상반신 거울은 신기할 만큼 깨끗하고 온전한 상태로 벽에 붙어 있었다. 민수는 신발을 신은 채 욕조 안으로 들어가 욕조 구멍을 내려다봤다. 금방이라도 뭔가 올라올 것 같아 급히 한쪽 발로 구멍을 막았다.

매트리스를 제자리로 돌려놓는 것이 어떨까. 민수는 매트리스의 먼지를 털고 침대 프레임과 직각으로 놓인 끄트머리를 발로 조금씩 차 원위치에 들어갈 때까지 움직였다. 풀썩거리는 먼지 입자가 어두운 방안을 마음껏 떠도는 모습이 신비로웠다. 그때 휴대폰 화면이 반짝거렸다. 이대리가 보낸 문자메시지였다.

동영상 하나 보냅니다. 심심할 때 보세요.

꼬박꼬박 과장님이나 선배라고 부르더니 이제는 호칭도 없이 할말만 하는 싸가지 없는 화법이었다.

대니가 누구냐 대니가. 너냐? 니 친구냐? 도대체 니들은 뭐냐. 싸가지 없는 새끼.

민수는 계속해서 혼잣말을 했다. 진영이 병원에 간 이후 민수의 혼잣말은 비약적으로 늘었다. 민수는 집에 있는 동안 내내 혼잣말을 했다. 대답이라도 하듯 벽에 붙은 소파가 퓌익 소리를 냈다. 동영상은 볼수록 이상했다. 알 수 없는 사람들이 네온 조명 불빛 아래에서 소리를 지르고 노래를 불렀다. 그러다 갑자기 푸른 바다가 나왔고, 출렁거렸고, 해안가 안쪽은 어두워 잘 보이지 않았다. 화면이 해안가 끝에 떨어진 뭔가를 향해 다가가다가 동영상은 멈췄다. 도무지 무슨 의미인지 알 수 없는 영상이었다.

민수는 방안을 뱅글뱅글 돌았다. 그러다 무심코 현관 옆에 붙은 전기 스위치를 눌렀다. 놀랍게도 불이 켜졌고 더럽고 먼지투성이인 방안이 훨씬 더 잘 보였다. 진영을 데리고 온다 해도 아무런 도움도 되지 못할 방이었지만 민수에게는 이제 무척 익숙하고 편하기까지 했다. 민수는 더는 바깥으로 나가고 싶지 않았다. 텔레비전 옆 화장대 거울에 붉은색 페인트로 쓰여 있는 글자가 보였다. 영문자 O와 K 사이에 숫자 2가 있었다. 민수는 오투케이라고 발음해보았다. 오투케이, 오투케이!

매트리스에 비스듬히 상체를 기댄 민수는 시커멓게 때가 탄 천장이 아래로 쏟아져 내릴 것 같아 순간 머리를 감쌌다. 북한산 계곡도 호텔 쪽으로 무너질 듯 위태롭게 보였다. 호수를 잘못 기억하고 있는 게 확실하니까 복도 오른편에 있는 방들도 찾아봐야 한다고 민수는 중얼거렸다. 모든 것이 멈추고 고꾸라지고 뒤집어지는 기분이었다. 진영을 지금의 자리로 온전히 데려올 자신이 없었다.

그렇다면 내가 그쪽으로 가면 된다! 그러면 된다!

민수는 눈을 감았다가 떴다가 다시 감았다. 그냥 잠이 들면 추울 것 같아 현관 쪽으로 가 옷장 문을 열었다. 오른쪽 칸 바닥에는 쥐똥과 낡은 실내화 한 켤레, 썩은 걸레가 있었고 왼쪽 칸 행어에는 부직포로 포장된 옷 두 벌이 걸려 있었다. 그때까지만 해도 민수는 그게 뭔지 짐작도 하지 못했다. 숨을 고르며 천천히 부직포를 뜯어냈다. 안쪽의 비닐 포장은 더 단단해서 뜯기가 쉽지 않았다. 민수는 신경질적으로 비닐을 찢은 뒤 안에 든 것을 확인했다. 없어진 줄 알았던 샘플 점퍼 두 벌이었다. 왜 이것이 이곳에 있는지, 민수는 토할 것 같은 기분이 되어 매트리스 위에 그대로 누웠다. 완전히 탈진해 점퍼 두 벌을 이불처럼 덮고 거친 숨을 몰아쉬었다.

찾았어, 샘플을 찾았어.

민수의 입에서 저절로 신음이 새어 나왔다.

*

깊이를 알 수 없는 강에서 스케이트를 타고 있었다. 댐 하류 쪽, 강 유역이 확연히 좁아진 지점에 있는 스케이트장 인근에는 주택도 없었고 은색의 가건물 창고들이나 풍력발전기 날개만 보였다. 산이 높아 그늘이 많고 수심도 깊어 빙질이 좋았다. 강가는 얼음이 조금씩 녹아 있기도 했지만 사람이 빠질 만큼 위험하지는 않았다.

낚시꾼들은 꽝꽝 언 얼음 위에 가스버너를 켜놓은 채 빙판 위의 점처럼 앉아 있었다. 어느새 주변은 극지처럼 급속도로 차가

워졌고 더할 수 없이 환해졌다. 환해지고 난 뒤에는 곧바로 해가 떨어지기 시작했다. 털스웨터 안에 토끼를 숨긴 채 스케이트를 타는 친구를 따라 민수는 꽝꽝 언 얼음 위를 미친듯이 달렸다. 골반이 시원해지고 숨이 가빠지며 기분이 좋아졌다. 저쪽 강가까지 갔다가 다시 이쪽 강가를 돌아 저쪽 강가로 갔다. 친구가 스케이트장 중앙의 낚시 구멍이 많은 쪽으로 달렸고 민수도 계속 따라갔다. 얼마쯤 가다가 친구가 멈춰 섰다. 그러고는 반대쪽으로 달아나버렸다. 친구가 놓친 토끼가 얼음판 위에서 조금씩 뛰는 게 보였다.

민수는 전속력으로 달려 친구가 멈춰 섰던 낚시 구멍 앞으로 갔다. 분홍색 시체가 물 아래 잠겨 있었다. 몸은 강물 안에 누운 채였고 얼굴은 강 표면 쪽으로 떠오르려는 중이었다. 전혀 무섭지 않았다. 민수는 하늘을 올려다봤다. 갑자기 까마귀 소리라도 들려올 것 같은 분위기였다. 강 뒤의 산도 꽝꽝 언 얼음 속도 여전히 고요했다. 풍경은 겨울에 갇혀 미동도 하지 않았다. 민수는 상체를 숙인 채 무릎에 양손을 얹고 시신을 들여다봤다. 분홍색 얼굴은 약간 웃고 있는 것 같았고 무척 낯이 익었다. 민수는 시신의 얼굴을 자세히 보기 위해 구멍 가까이 다가갔다. 순간 시신의 얼굴이 구멍에서 약간 밀려나더니 깊고 차가운 강물 속으로 가라앉기 시작했다. 민수는 무릎을 얼음판에 댄 채 구멍에 머리를 넣었다. 마침내 분홍색 시신의 얼굴을 보았고 머릿속이 아주 시원해졌다고 느껴 머리를 더 디밀고 싶어진 순간, 민수는 구멍에서 머리를 쳐들었다.

버려진 지대에서

은수는 오랜 시간 혼자서 영상 작업을 해온 E선배에게 오종시를 소개받았다. 9·11 테러로 폭파된 세계무역센터 자리인 그라운드 제로 같은 역사적인 장소를 돌아보는 다크 투어리즘이 유행하면서 국내에서도 비슷한 콘셉트의 여행지가 주목받고 있었다. 최근에 조금씩 인기를 얻어가고 있는 대표적인 도시가 오종이었다. 일박 이일 기준에 이 인 삼십만원은 은수가 감당할 수 있는 합리적인 가격이었다. 오종시까지는 기차와 자동차로 한 시간 삼십 분 정도 걸렸다. 은수는 미리 예약해둔 투어 바우처를 휴대폰에 다운받고 기차 안에서 마실 커피와 엄마가 좋아하는 오렌지도 준비했다. 미세먼지 지수도 낮고 기온도 적당해 여행하기에 딱 좋은 날씨였다.

*

소희는 딸이 시키는 대로 일박 이일 여행 가방을 챙겼다. 집도 먼지 하나 없이 깨끗하게 치웠다. 몇 달쯤 비운다고 해서 말라죽을 식물이나 굶어죽을 생명은 아무것도 없었다. 소희는 딸이 오래전 어버이날 선물로 사준 마사이 워킹화를 신었다. 에이에스 센터에 보내야 할 정도로 낡았지만 제일 편하고 깨끗한 신발이었다. 개찰구 앞 동그란 의자에 앉아 있던 은수는 저쪽에서 걸어오는 소희를 보고 자리에서 벌떡 일어났다. 은수 눈에 소희는 곧 무너져 내릴 것처럼 보였다. 소희의 키는 예전에 백육십이 센티미터였는데 지금은 백오십팔 센티미터로 줄었다. 양쪽 눈 다 백내장수술을 했고 자궁은 사십대 후반에 적출했다. 심장판막증이 있었지만 정기적인 체크는 멈춘 상태였다. 은수는 빠른 걸음으로 달려가 소희의 가방을 받아들었다. 열차가 도착하기 전, 두 사람은 안전 유리문에 비친 자신들의 외양을 물끄러미 바라보았다.

은수는 요즘 환경 이슈 관련 작업에 몰두하고 있었다. 처음 했던 작업은 미세 플라스틱의 유해성에 관한 것이었는데 영상으로 만들기가 쉽지 않아 포기했다. 그러다 우연히 한 환경운동단체에서 수은중독 피해자 가족 모임을 만들고 관련된 영상 작업을 할 사람을 구한다는 기사를 읽었다. 2020년대에 수은중독 피해자 가족 모임을? 프로젝트에 신청할 때만 해도 그런 기분이었지만 피해자 가족들을 만나면서 일에 더 집중하게 됐다. 은수는 이 일을 잘 해내고 싶었다. 하지만 막상 프로젝트가 시작되자 어려운 점이 한두 가지가 아니었다.

얼마 전에 피해자 가족 인터뷰가 있었다. 피해자는 경기도 소재 공단의 제지회사에서 일하다가 수은중독으로 사망한 오십육 세의 남성이었다. 피해자의 남동생은 형의 죽음이 산업재해로 인정받지 못하자 여기저기 도움을 청하러 다녔다. 한 인권변호사의 도움으로 이 단체를 알게 되었고 은수도 만났다. 단체 사무실을 인터뷰 장소로 쓰게 되어 아침부터 카메라를 설치하고 적절한 분위기를 만드느라 애를 썼다. 좁은 사무실을 답답해 보이게 하는 화이트보드를 치우고 잎이 크고 싱싱한 화분 하나를 가져와 벽에 세워 화면의 중심을 잡았다. 화분 양옆으로 의자를 놓아 한쪽에는 남자를 앉게 하고, 나머지 한쪽은 죽은 형을 떠올릴 수 있게 비워둘 생각이었다. 남자는 제시간에 도착했다. 국방색 사파리 재킷을 벗었는데 안에 입은 셔츠의 겨드랑이 부분이 땀에 젖어 있었다. 은수가 다가가 명함을 건네며 인사했다. 선생님, 괜찮으시면 웃옷을 입고 진행하는 게 더 좋겠어요. 화면이 그게 더 나아 보입니다. 남자는 다시 옷을 입고 카메라가 있는 곳까지 걸어와 형의 사진을 보여주었다.

_ 가족들은 수은중독이란 사실을 알고 있었나. 특히 당사자인 형은 알고 있었나. 언제 알았나.

_형은 어떤 증세를 보였나. 구체적인 몸의 상태가 어땠나.

_형의 어릴 적 꿈은 무엇이었나.

카메라와 남자의 거리는 삼 미터 정도였다. 대화는 왠지 자연스럽게 이어지지 못했고 남자는 자꾸만 옆에 있는 빈 의자를 내려다봤다. 이대로는 안 될 것 같아 은수는 촬영을 중단한 뒤 의자를 마주보게 돌려놓고 빈 의자에 앉았다. 카메라에 인터뷰어인 자신의 모습도 넣기로 한 것이다. 이제 카메라 쪽에서 보면 은수와 남자가 마주앉아 있는 그림이었다. 은수는 왠지 조금 더 책임감을 느끼게 되는 것 같아 이 구도가 마음에 들었다.

_형은 수은이 뭔지도 몰랐다.

_형이 원래 몸이 약해서 아픈 줄로만 알았다.

_형이 죽은 뒤 회사도 찾아가고 그 회사에 일을 준 더 큰 회사도 찾아갔지만 아무도 우리를 도와주지 않았다. 억울했다.

_보상금을 받기는 했지만 적은 액수였다. 회사는 오히려 우리 가족을 모욕했다. 죽은 가족을 팔아 돈이나 챙기려는 몰염치한 인간들이라며.

손에 땀이 찼다. 뭔가 결정적인 장면이 있을 거라는 기대는 충족되지 못할 것 같았다. 인터뷰를 끝내야 했다. 벌써 한 시간 삼십 분이 지났네요. 선생님, 수고 많으셨습니다. 남자에게 인사를 건네자마자 그가 카메라 앞으로 불쑥 다가왔다. 인터뷰비는 주는 거죠? 은수는 당황했다. 아, 선생님, 예산이 많지 않은 프로젝트라서요. 따로 사례비를 책정하지 못했습니다. 죄송해요. 순간 남자가 손에 들고 있던 재킷을 번쩍 치켜들어 의자 등받이를 세게 내리쳤다. 당신들은 배운 사람들이라 우리 얘기를 찍어 돈도 벌고 상도 타고 그러겠지만, 이봐요, 내가 어디서 왔는지 알아요? 이백 킬로를 달려왔어요. 내 얼굴을 카메라로 찍고, 하기 힘든 우리 가족 얘기를 다 하게 시키고, 나한테 고맙기나 한 겁니까. 은수는 남자 앞으로 더 다가섰다. 그럼요, 선생님. 당연히 감사하죠. 남자가 한 팔을 허리에 얹고는 아랫입술을 지그시 물었다. 이봐요 감독님, 그럼 감사한 마음을 뭘로 표현할 겁니까? 돈이 아니면 뭘로 감사할 건데? 은수는 계속 카메라가 돌고 있다는 생각만 했다. 이제 좋은 영상이 하나 나왔다. 저 사람이 화를 내고 있잖아. 수은중독 피해자 가족의 분노, 바로 이거야. 은수는 안심했다.

은수는 남자를 데리고 연남동 맛집 중 한 곳인 곱창집으로 갔다. 그리고 거기서 꼬박 세 시간을 붙들려 있었다. 남자는 소주 두 병 반을 마시고는 계좌번호를 알려주며 꼭 송금하라고 했다. 그리고 오늘 찍은 게 영화든 뭐든 자기 이름과 나이, 형의 이름과 사망 당시 나이를 넣어야 한다고도 강조했다. 은수는 지쳐서 입을 다물었지만 그동안 그가 얼마나 힘들었을지 알 듯도 했다. 남자와 헤어지고 은수는 연남동 굴다리 근처 포장마차에 들렀다. 거기서 동료 N을 불러내 조금 더 앉아 있다가 녹번역 인근에 있는 그의 집으로 갔다. 둘이 함께 잔 게 처음은 아니었다. N이 샤워를 하는 사이 은수는 소파에 누워 휴대폰을 보다가 잠깐 잠이 들었다. 그리고 샤워를 마치고 나온 그가 방으로 들어가는 소리에 깨어나 욕실로 갔다. 은수는 샤워중에 하얗게 세어가고 있는 눈썹 새치를 발견하고 약간 절망적인 기분이 되었다. 좋은 작품도 없이 나이만 먹는 비참한 기분!

*

바로 지난달까지도 소희는 주민자치센터에서 노인 일자리 창출을 목적으로 만든 초등학교 하교 지도 도우미로 일했다. 낮 기온이 올라 두시경에 잠깐 길에 서 있는 것도 숨이 턱턱 막혔다. 소희는 그 일로 월 삼십만원을 벌었다. 정부에서 주는 노령연금이 수입의 다인 소희에게는 큰돈이었다. 은수는 가끔 소희에게 흰 봉투를 건넸다. 하나은행 에이티엠 옆에 꽂혀 있는 초록색 로고가 새겨진 봉투였다. 요즘 내가 돈벌이가 별로야 엄마, 나중에 돈 벌면 많이 줄게. 은수가 준 봉투 안에는 오만원짜리 두 장이나 만원짜리 열 장이 들어 있곤 했다. 왜 늘 십만원일까. 왜 늘 십만원 이상은 주지 않는 걸까. 소희는 가끔 억울했다. 그러다가도 은수를 가만히 보고 있으면 마음이 달라졌다. 내 딸은 감독이다. 내 딸은 중요한 일을 한다. 내가 저애를 낳았다. 은수는 전보다 흰 머리칼이 늘었고 팔자주름도 짙어졌다. 담배를 피우는 탓에 피부는 엉망이었고, 가릴 수 없이 튀어나온 뱃살도 여전했다. 그럼에도 은수는 뭐라고 말해도 부족한, 소희에게는 세상에 단 하나 있는 그 무엇이었다.

소희는 얼마 전 재활용 쓰레기를 버리러 내려가다가 엘리베이터 안에 붙은 구인광고지를 봤다. 하교 지도 도우미 일이 끊긴 후라 광고지가 눈에 더 잘 보였다. 장기임대 아파트와 영구임대 아파트가 함께 있는 이 단지를 사람들은 모두 '엘에치'라고 불렀다. 옆 동의 장기임대 아파트에 사는 사람이 여섯 살짜리 아이를 돌봐줄 사람을 찾고 있었다. 같은 단지에 사는 여성분이면 좋겠고, 아침 일곱시까지 와서 출근 준비를 하는 자신들을 도와 아이의 유치원 등원을 시켜달라는 내용이었다. 월요일부터 금요일까지, 아침 일곱시에서 아홉시까지 두 시간 일하는데 수고비가 오십만원이었다. 앉아서 텔레비전으로 연합뉴스나 보는 시간대라 소희에게는 일하기도 좋았다. 그 광고지를 본 다른 사람이 먼저 연락할까 불안해 소희는 집에 올라가자마자 손도 씻지 않고 전화부터 했다. 전화가 연결되지 않아서 문자메시지도 보냈다. 틀린 글자가 있으면 무식한 사람이라고 생각할까봐 신경써서 글자를 찍었다. 전화가 연결된 건 밤 열시경이었다. 이미 초저녁잠을 한차례 자고 일어난 후였다. 상대방의 목소리는 차분했다. 아이를 재우고 있다. 곧 잠들 것 같아 큰 소리로 통화를 못하겠다. 아이가 잠든 후에 다시 전화를 하겠다. 관심 갖고 연락을 주어 매우 감사하다. 여자의 목소리를 듣자 소희는 왠지 불안해졌다. 아이를 잘못 다뤄 다치

게 하면 어떡하나. 아파트 단지 바로 앞에 있는 상가건물의 유치원이지만 데려다주다가 사고라도 나면 어떡하나. 전화는 삼십 분 후에 다시 걸려왔다. 상대방은 소희에게 상세하게 이것저것을 물어보고 집이 가까워 좋다고 말했다. 그러고는 남편과 의논해 결과를 알려주겠다고 하고 전화를 끊었다. 소희는 우유를 한 잔 마시고 양치질을 한 뒤 침대에 누웠다. 벌써 고용되어 일한 것처럼 피곤이 몰려왔다.

소희는 일주일 만에 해고당했다. 아이 엄마는 출근 준비도 바쁠 텐데 소희의 모든 행동을 지켜봤다. 물휴지로 아이의 얼굴과 손을 닦지 마라. 물을 줄 때는 천천히 마시게 해라. 음식물 기도 폐쇄로 사망하는 사람이 연간 몇 명이다. 아파트 단지를 걸을 때 아이를 차도 쪽에 두고 걷지 마라. 하루종일 아이 걱정에 직장 일을 어떻게 할까 싶었다. 그에 비해 아이 아빠는 지나치게 조용한 사람이었다. 그는 물 한 잔에 과일 한 쪽을 먹고는 영양제를 열 알쯤 차례로 먹었다. 그러고는 아내가 출근 준비를 다 할 때까지 식탁에 앉아 내내 휴대폰만 내려다봤다. 아이는 부부가 출근할 때 좀 칭얼대기는 했지만 현관문이 닫히는 소리가 나면 금세 명랑해졌다. 부부는 아이가 울다가 자지러지기라도 하는 줄 아는 모양이었지만 그런 일은 없었다. 소희는 아이 엄마에게 말했다. 민서 엄마, 세상을 믿어야 애를 키울 수 있어요. 아이 엄마는 선물을 내밀며 말했다. 그러게요 할머니, 저도 언젠가는 그렇게 되겠죠. 동그란 상자에 든 선물은 포장도 되지 않은 립스틱 한 개와 핸드크림 한 개였다. 칠십대 여성에게는 도무지 쓸모가 없을 빨간색 립스틱이었다. 은수에게 줄까 고민했지만 은수도 안 쓸 게 뻔했다. 소희는 립스틱을 손에 쥔 채 한참을 아파트 입구에 앉아 있었다.

*

경유지인 D시 센트럴역에 도착했을 때 은수의 휴대폰으로 집결장소를 알려주는 메시지가 왔다. 같은 투어를 신청한 몇몇 사람들이 걸어오고 있는 것이 보였다. 짐이라고는 어깨에 멘 작은 배낭이 전부인 단출한 차림새였다. 이십대의 남녀 한 쌍과 여자 둘, 그리고 소희와 은수까지 총 여섯 명이었다. 십 인석 규모의 하늘색 차가 대기중이었는데 운전자가 없는 무인 자동차였다. 모두 타자 곧 안전벨트를 매라는 안내 음성이 나왔다. 차는 짧은 신호가 울리고 난 후 출발했다.

오종시는 원래 중소 규모의 제조업 공장들이 모여 있던 공업도시였지만 몇 년 전부터 텅 비었다. 가장 큰 이유는 자연적인 인구 감소였다. 은수는 E선배가 이메일로 보내준 영상을 통해 오종시의 여러 장소를 미리 체험했다. E선배가 만든 영상의 주인공은 빈 건물과 빈 도시 그 자체였다. 그녀는 영상을 돋보이게 할 어떤 음악도 쓰지 않았고 아무런 설명도 넣지 않았다. 장소의 이름이나 용도를 밝히는 타이틀이 자막의 전부였다. 그리고 영상을 인터넷상의 어디에도 올리지 않았다. 은수는 E선배가 비정기적으로 보내주는 영상을 받아보았다. 하지만 그녀의 이메일을 어떤 사람들이 받는지는 알 수 없었고, 무엇보다 E선배가 어떻게 생계를 꾸려가는지도 알지 못했다.

오종시의 랜드마크였던 공항 메인 건물은 처음부터 작게 지었는지 편평한 활주로 저만치로 한참을 떠밀려 내려간 것처럼 보였다. 마치 게임 속인 양 자동차는 혼자서 마음껏 질주하다가 적당히 속도를 늦췄다. 여러분은 지금 오종시 구도심의 중심지였던 시청 건물 앞을 지나고 계십니다. 모두들 아무런 반응을 보이지 않아 이상하리만치 고요했다. 투어 팀이 처음 도착한 건물은 오종시 최초의 위락시설인 댄스장이었다. 머물 수 있는 시간은 삼십 분이었다. 노출 콘크리트로 된 건물 외관에는 군데군데 귀여운 괴물 이미지의 그라피티가 그려져 있었다. 소희는 현관 턱에 걸터앉으며 은수에게 말했다. 너 혼자 들어갔다 와. 난 무릎이 아프니까 여기서 좀 쉬고 있을게. 댄스장의 우레탄 바닥은 여기저기가 들뜨고 쥐똥과 먼지 천지였다. 자동으로 작동하는 천장의 둥근 조명이 뱅글뱅글 돌며 바닥을 비췄다. 그때 갑자기 천장에서 음악이 쏟아져 내렸다. 투어 팀 일원 중 두 명의 여자가 마주보고 어깨를 흔들며 춤을 추더니 자기들끼리 조용히 웃었다. 밖으로 나온 은수는 댄스장 건물 주변에 조성된 화단 쪽으로 걸어가는 소희의 뒷모습을 보았다. 왠지 한쪽으로 쓰러질 것 같은 기울어진 걸음걸이였다. 소희는 수국 향을 맡으며 꽃을 만지작거렸다. 문득 은수는 방금 어떤 좋은 장면 하나를 놓쳤다는 상실감에 사로잡혔다. 조금 전에 본 소희의 뒷모습이 바로 그것이었다.

*

한국 나이로 칠십 세인 김소희 혼자만의 엑소더스, 어쩌면 탈출에 관한 이야기. 소희는 이 여행 내내 그때의 기억이 떠오르는 걸 어쩌지 못했다. 소희는 만 십구 세에 처음이자 마지막으로 아이를 낳았다. 그리고 두 번 다시 임신하지 않았다. 병원에서 낳지 않았기 때문에 아기의 체중이나 신장, 머리둘레나 발 사이즈 같은 건 측정하지 못했다. 아이는 고무 인형처럼 작았고 쭈글쭈글했고 징그러웠다. 그날은 12월 2일이었는데 상상할 수 없을 만큼 추웠다. 소희는 아기를 낳고 시간이 좀 지난 뒤 가위로 탯줄을 잘랐다. 탯줄은 생각보다 쉽게 잘리지 않았다. 배운 적이 없는데도 소희는 자르고 남은 탯줄을 돌돌 감아 아기의 배꼽에 붙였다. 태반은 동그란 양동이에 담아 문가에 두었는데 금세 낙지 빛깔로 얼어버렸다. 소희는 손바닥이 얼어붙을 듯 차가운 문고리를 힘주어 돌리고 나가 미역국을 끓였다. 배가 고프지는 않았지만 그냥 그렇게 했다. 남편이 다리 공사 현장에 가고 집에 없는 동안 소희는 무사히 출산했고 아기도 죽지 않았다.

은수는 소희가 혼자서 자신을 낳고 탯줄을 자른 뒤 미역국을 끓여먹었다는 말을 좀처럼 믿을 수 없었지만 그래서 그 이야기에 더욱 매혹당했다. 은수가 출산에 관한 다큐멘터리를 만들어보려고 시도했을 때 제일 먼저 본 영화는 하라 가즈오의 〈극사적 에로스〉였다. 주인공 미유키는 오키나와 미군기지에서 성매매를 하는 여성들과 공동육아를 하며 남자들의 도움 없이 유사 가족 형태를 이루어 사는 급진적인 페미니스트이다. 자유로운 성생활을 즐기는 미유키는 미군과의 사이에서 아이를 임신하기도 하는데, 영화 속에서 그녀는 두 무릎을 접은 채 방바닥에 앉아 아이를 출산하고 신문지로 방바닥에 묻은 피를 닦아낸다. 영화를 찍은 하라 가즈오 감독은 미유키의 전남편이었다. 영화 속 미유키의 출산 장면에 충격을 받은 은수는 같이 작업하는 동료들과 무릎을 꿇고 앉아 아기를 낳는 시늉을 내보기도 했다. 하지만 언제부턴가 은수는 출산에 관한 다큐를 만드는 것에 더이상 매력을 느끼지 못했다. 왠지 어느 순간 세상의 그 누구도 출산에 흥미를 갖지 않는 것처럼 느껴졌기 때문이었다. 그러면서도 가끔씩 은수는 혼자서 탯줄을 자른 뒤 차가운 문을 밀고 부엌으로 나가 미역국을 끓이는 어린 엄마를 상상해보곤 했다.

소희가 결혼해 살던 1970년대 후반의 지방도시에서 남편이 때린다고 가출한 여자는 소희가 유일했다. 소희는 어느 날 남편이 일하는 다리 건설 현장에 갔다가 소희와 나이 차가 크지 않아 보이는 청년 일꾼들을 때리는 남편을 보았다. 남편은 이상할 정도로 그들에게 가혹했다. 소희는 남편에게 맞은 건장한 청년들이 남편을 죽이러 올 것 같아 무서웠다. 그래서 남편이 밤늦도록 돌아오지 않는 날이면 빨간색 랜턴으로 논바닥 여기저기를 비춰보며 바깥에서 서성거렸다. 남편이 소희를 처음으로 때린 날, 소희는 은수를 데리고 안방에 붙은 뒷방에 들어가 문을 걸어 잠근 채 숨어 있었다. 태어나서 그토록 두뇌 회전이 빨라보기는 처음이었다. 그리고 남편이 두번째로 때렸을 때 소희는 몸에 든 멍이 가라앉기만을 기다렸다. 은수가 봄방학을 마치고 처음 등교하는 날 아침을 디데이로 정했다. 그날 아침 소희는 은수에게 계란말이와 멸치볶음이 담긴 도시락을 들려주고 손에 지폐 한 장을 꼭꼭 접어 쥐여주며 당부했다. 뒷마당에 암탉이 낳는 계란을 아침마다 꼭 꺼내 먹어. 알겠지? 닭이 흔해서 그런 말을 한 것은 아니었고 은수가 고기를 먹지 않기 때문이었다. 오늘 고기 반찬 쌌어? 나 고기 안 먹는댔지, 으이그, 엄마! 반항적인 기질의 외동딸이 고기 반찬을 쌌을 거라 지레짐작하고는 소희를 다그쳤다. 은수는 운동화를 신은 발로 타닥타닥 소리를 내며 도시락을 들고 학교에 갔다. 소희는 바로 집을 나와 버스를 타고 기차역으로 갔다. 2교시가 끝난 열한시경, 은수는 담임선생님에게 배가 아프다고 거짓말하고 학교를 나왔다. 이 킬로미터쯤 되는 길을 미친듯이 달렸다. 학업 우등상

장 여러 개가 나란히 붙은 벽 아래 책상에 그날의 간식은 놓여 있지 않았다. 그후로 일 년이 넘게 소희는 집에 돌아오지 않았다. 그런데도 세상은 아무 일도 없이 잘만 돌아갔다. 은수는 아버지의 보살핌을 받지 못한 채 방치됐다. 겨우 한끼를 먹는 날도 많았다.

그 지역은 6·25전쟁 때 격전지였다. 그때만 해도 한미 연합 합동훈련의 행렬이 몇 날 며칠간 계속되었다. 커다란 탱크가 지나가고 완전군장을 한 병사들이 미사일 부대로 걸어올라갔다. 아스팔트에 줄지어 앉아 그 모습을 구경하던 아이들은 병사들이 모두 부대로 올라간 뒤에도 집안으로 들어가지 않았다. 행렬이 끝나고 하늘빛이 청색으로 푸르던 어느 날 저녁, 소희는 약간 타이트하고 세련된 흰색 면바지를 입고 집으로 돌아왔다. 그리고 남편에게 이혼을 요구했다. 남편이 이미 다른 사람을 만나고 있어 어린 은수가 집에서 혼자 지내는 날이 많다는 소문은 알고 있었다. 밥을 제대로 먹지 못한 것이 분명한 은수는 비쩍 말라서 손목이 부러질 지경이었다. 남편은 소희에게 돌아오라고 말했다. 너처럼 아침마다 깨끗한 양말을 신게 해주는 여자는 없다며, 용서할 테니 돌아오라고 말했다. 소희는 바로 거절했다. 그러자 남편이 낫을 들고 와 푸른 하늘 위로 치켜들었다. 낫의 곡선이 아름다웠다. 소동은 동네 파출소에서 경찰들이 몰려오고 나서야 진정됐다. 경찰이라고 해봐야 다들 남편의 술친구들이어서 곧 풀려날 게 뻔했다. 남편이 잠시나마 파출소에 가 있는 동안 소희는 은수와 얘기를 나눌 수 있었다. 남편과 몸싸움을 하는 과정에서 더러워진 흰 바지를 손으로 털며 말했다. 새엄마라고 다 나쁘지는 않아. 여기서 아빠랑 계속 살고 싶으면 살아. 아니면 엄마를 따라와도 좋아. 은수는 그 말을 듣자마자 환하게 웃으며 안겨왔다. 너무 말라서 종잇장을 안은 것처럼 가벼웠다. 엄마, 나 배가 고파서 석유곤로를 켜놓고 그 냄새를 맡은 적도 있어. 배고파서 석유라도 마시고 싶었어. 소희는 은수가 그런 말을 하지 못하도록 입을 막고 싶었다. 그런 말을 더는 들을 수 없었다. 엄마, 나 사실 흙도 먹었다! 소희는 눈을 감고 이를 물었다. 은수의 정신이 이상해지지 않았기만을 바랐다. 이루 말할 수 없는 고통이 밀려왔다. 매일 아침 눈을 뜰 때마다 그리워했던 딸이었다. 소희는 은수를 벽 쪽에 눕히고 팔베개를 해주었다. 그들 가족을 오랜 세월 지켜봐온 촌스러운 검은색 자개장롱과 5단 수납장이 소희 등뒤에 버티고 있었다.

소희는 닭장에서 암탉이 우는 소리를 듣고 잠에서 깨어났다. 깜짝 놀라 문을 열고 밖으로 나가보니 암탉이 있던 닭장은 빈 철조망과 닭이 알을 낳던 둥지만 남아 있었다. 그 집에 처음 살기 시작했을 때부터 닭장 옆에 세워져 있던, 발로 밟아 솜을 트는 구식 솜틀 기계도 여전히 그대로 있었다. 비를 가리기 위해 친 닭장 지붕 천막이 솜틀 기계를 덮을 지경까지 흘러내려와 있었다. 소희는 화풀이라도 하듯 담벼락에 죽 세워진 기다란 농기구 하나를 들고 천막을 위로 치켜올렸다. 그래도 화가 가시지 않아 솜틀 기계의 옆

구리를 가격했다. 오래된 기계는 비틀리며 먼지를 쏟아낼 뿐 부서지지는 않았다. 그때 은수의 울음소리가 들렸다. 은수가 늘 의지했던 흰 개가 어디서 쥐약을 먹었는지 수돗가 시멘트 위에 엎드려 죽어 있었다. 물을 마시려고 했던 모양이었다. 은수는 집 바깥으로 한달음에 뛰어나가 논두렁에서 쑥을 뜯어 돌아왔다. 야, 먹어, 먹어! 은수는 개를 안은 채 자기 입으로 쑥을 잘게 씹어 개의 입에 밀어넣었다. 그래도 개가 살아나지 않자 또 바깥으로 뛰어나가 쑥을 뜯어왔고, 입속에 집어넣었다. 은수는 오전 내내 그러고 있었다. 하지만 아무리 노력해도 개는 살아나지 않았다. 은수는 결국 소희와 함께 개를 묻었다. 은수는 땅속에 누운 개에게 다시 꺼내줄 테니 좀 자고 있으라고 말했다. 그날 종일 굶은 은수는 한밤중이 되어서야 퉁퉁 부은 눈으로 입을 열었다. 엄마, 내일 아침에 우리 가자! 다음날 소희는 결혼할 때 가져온, 오방색 실크로 만든 집채만한 이불을 머리에 이고서 암탉이 알을 낳던 그 집을 나왔다. 소희는 그 이불을 몇십 년 동안 덮고 또 덮어 솜이 납작해진 뒤에도 버리지 않았다. 어쨌든 그때, 그 지방도시에서 남편이 때린다고 이혼한 여자는 소희가 유일했다.

*

점심을 먹기 위해 인공지능 로봇이 주문을 받는 식당으로 들어갔다. '영희'라는 이름의 로봇이 메뉴를 안내해주었다. 치즈버거와 머시룸버거가 시그니처 메뉴여서 간단히 그것으로 주문했다. 소희는 은수의 한쪽 팔을 잡은 채 신기한 눈으로 식당 안을 둘러봤다. 테이블 너머로 기다란 컨베이어 벨트가 있었고, 집게 모양의 기구가 시간 간격을 두고서 그 위로 내려왔다가 다시 올라갔다. 그때마다 벨트 위의 접시에 햄버거 빵과 패티, 치즈와 양파 등이 차례로 놓였다. 소희는 그 모든 것을 바라보느라 상체를 한껏 젖힌 채 입을 다물지 못했다. 손님의 머시룸버거가 완성되었습니다. 은수는 로봇의 안내 멘트를 듣고 나서야 휴대폰에서 눈을 떼었다. 음식맛은 생각보다 좋아서 소희는 플라스틱 접시에 묻은 소스까지도 핥아먹었다. 저녁은 또 언제 먹니? 소희가 아이처럼 물었다. 저녁엔 좀더 맛있는 걸 먹자. 좋지 엄마? 소희는 대답 대신 로봇을 뚫어져라 보며 말했다. 재가 영희라고? 그러자 로봇이 순식간에 소희 옆으로 다가왔다. 부르셨습니까 고객님? 무인 식당을 나오니 아스팔트에서 일정한 간격으로 물줄기가 솟구쳐오르고 있었다. 봐, 엄마 왔다고 물을 뿌리네. 은수와 소희는 선글라스를 끼고 깃발 달린 자동차가 보이는 쪽으로 걸어갔다.

은수가 예약한 숙박 장소는 스틸 클럽이었다. 부식된 것 같은 붉은색의 철제 외관에 장식으로 갖가지 형태의 철을 과자처럼 붙인 모양새였다. 건물을 감싼 채 웃자란 초록색 풀이 자연스럽게 어울렸다. 은수는 스틸 클럽 주변의 작은 공장을 빌려 수은중독 작업과 관련한 영상을 찍을 생각이었다. 실제로 와보니 더 마음에 들었다. 스틸 클럽 역시 무인으로 운영되는 호텔이어서 체크인을 하려면 먼저 전화를 걸어야 했다. 전화 속 안내 음성이 비밀번호를 알려주었다. 방을 찾아 문을 열자 침대 두 개와 동그란 테이블이 보였다. 소희는 침대 위에 두 팔을 벌리고 누웠다. 넌 나가서 일봐. 나는 좀 쉬고 있을게. 은수는 소희에게 데리러 올 때까지 쉬고 있으라고 말하고는 방안을 한번 둘러본 뒤 카메라 가방과 장비를 챙겨 밖으로 나왔다.

소희가 자다가 눈을 떴을 때 방은 온통 검정색이었고 눈앞에 딸이 서 있었다. 소희가 손을 내밀며 무슨 말인가를 하려는 순간 딸이 물처럼 녹아내렸다. 소희는 소리를 지르며 딸의 이름을 부르다 잠에서 깨어났다. 딸이 사라지는 꿈을 꾼 건 옛집을 떠나온 뒤로 처음이었다. 왜 지금 그 꿈을 다시 꿨는지, 소희는 벌떡 일어나 앉았다. 소희는 한순간도 일을 쉰 적이 없었다. 살아 있는 한 지독한 노동을 감당해야 했다. 은수가 돈벌이를 시작한 이후에도 마찬가지였다. 손가락에 물집이 잡히고 피부가 벗겨지기를 수십 년, 소희는 흰 압박붕대와 반창고로 겨우 버텨냈다. 잠깐 쉬는 시간에 전화를 하면 은수는 늘 받지 않았다. 언제나 바쁘다고 문자메시지를 보내왔다. 엄마 나 지금 바빠. 나 지금 중요한 미팅중이야. 메시지 남겨놓으면 곧 답할게. 그러나 사실 딱히 할말이 있는 것은 아니었다. 외롭다고 징징거리거나 시간을 내달라고 하고 싶은 것도 아니었다. 그냥, 정말, 그냥 목소리만 듣고 끊을 작정이었다. 메시지를 보내면 두 시간쯤 지나서 답이 왔다. 대통령도 그 정도로 바쁘지는 않을 것 같았다.

은수가 찾아간 건물은 전에 공장으로 쓰여서인지 층고가 높았다. 사방이 거의 막혀 있고 제한적으로만 빛이 들어와 촬영하기에 좋았다. 은수는 건물 바깥에서 긴 나무의자를 들여와 한가운데 놓았다. 호텔로 돌아갔을 때 소희는 거울 앞에서 화장을 하고 있었다. 둘은 방에서 나와 은수가 마련해놓은 촬영장으로 걸어갔다. 해질녘의 오종시는 SF 영화에서 본 화성 같았다. 발로 땅을 밟는 소리마저도 선명하게 들렸다. 소희는 잠깐 긴장하는 듯 보였고, 은수도 그랬다. 엄마, 저기 보이지? 저기 가서 앉아. 그리고 아무 말이나 해봐. 은수는 프레임 안에 들어온 소희의 모습을 보고 있었다. 카메라로 보는 것이 훨씬 마음 편했다. 카메라는 도는데 소희는 천장만 바라보며 입을 열지 않았다. 가만히 얼굴을 든 채 애매한 표정만 짓고 있었다. 은수도 마찬가지였다. 두 사람 다 쉽게 입을 열지 못했다. 순간 소희가 핸드백에서 수첩을 꺼냈다. 내가 너한테 하고 싶은 말 여기 다 적어놨으니 이거 봐라! 나중에 봐! 그리고 소희는 자리에서 일어나 천천히 문 쪽으로 걸어갔다. 촬영은 실패였다.

*

오종시에서 돌아온 후 얼마 지나지 않아 은수의 작품이 상영되는 영화제가 열렸다. 수은중독 피해자 가족과 관련한 작업 이전에 했던, 원전 지역 거주민들의 정신건강 상태를 취재한 다큐멘터리였다. 극장은 아파트가 밀집된 성북동 상가 한 귀퉁이에 숨은 듯 박혀 있어 찾기가 쉽지 않았다. 소희는 한참을 헤맸다. 은수는 청바지에 흰 운동화를 신은 채 커다란 스크린 아래 다른 사람들과 함께 앉아 있었다. 영화 상영 전 열린 사전 토크 프로그램이었다. 옷이 저것밖에 없나, 저 체크무늬 남방만 입네. 남방 안에 입은 면 티셔츠도 왠지 후줄근해 보였다. 같이 여행할 때 입었던 그 남방에 그 티셔츠에 그 운동화였다. 소희는 혀를 찼다. 은수의 옆에 앉은 사람도 비슷한 옷차림이라는 사실에 안도할 따름이었다. 객석에 앉은 사람이 손을 들면 진행요원이 마이크를 갖다주고, 관객들의 질문에 앞에 앉은 사람들이 답을 했다. 모두들 조심조심 말했지만 가끔 관객석에서 웃음소리가 들려오기도 했고, 은수가 옆에 앉은 사람과 무언가를 소곤거리기도 했다. 소희는 은수가 마이크를 잡고 얘기할 때마다 상체를 꼿꼿이 하고 집중해서 들으려고 했다. 그런데 집중하려고 하면 할수록 잠이 왔다. 잠깐 조는 사이 어이없게도 영화가 끝나버렸고 당황한 소희는 서둘러 상영관 밖으로 나갔다. 그러다가 사람들과 동그랗게 모여 서서 이야기를 나누고 있는 은수를 발견하고 가까이 다가갔다. 은수의 얼굴은 상기되어 보였다. 영화 잘 봤다! 소희는 용돈이 담긴 봉투를 은수의 손에 건네고 얼른 그 자리를 벗어났다. 은수보다는 많은 이십만원을 넣었다. 화장실에 다녀온 뒤 소희는 로비에 비치된 전단지들 틈에서 은수의 이름이 적혀 있는 팸플릿을 발견하고 몇 장 챙겨 가방에 넣었다. 극장 바깥으로 나왔을 때 은수는 몇몇 사람들과 담배를 피우며 서 있었다. 소희는 못 본 척하고 계속 걸었다. 아직도 담배를 못 끊었군. 소희는 머리를 여러 번 저었다.

내가 낳은 딸이 감독이라니. 집에 돌아와 소희는 먹다 남긴 소주병을 열고 마른김을 안주로 한잔 마시며 혼자서 웃었다. 극장 복도에서 들은 감독님이라는 호칭을 떠올리자 오래 치른 전쟁에서 최종 승리한 것 같은 기분이 되었다. 평소보다 많은 양을 마셔도 전혀 취하지 않았다. 소희는 이제 은수에게 자신의 계획을 말할 때가 되었다고, 말해야 한다고 생각했다. 전화기를 집어들었지만 곧 나가떨어졌다. 소주 반병은 그녀에게 치사량이었다.

*

소희의 이삿날이었다. 은수는 차가 없어 친구의 자동차를 빌렸다. 내비게이션에 경기도 가평의 한 식당 이름을 찍었다. 식당에는 놀랍게도 처음 보는 노인 한 명이 소희와 함께 앉아 있었다. 소희는 별다른 말 없이 서로 인사하라고만 했고, 노인도 별로 말이 없었다. 소희는 은수에게 노인의 이름조차도 알려주지 않았다. 별이 잘 드는 빈집을 하나 구했는데 밭이 있어 푸성귀를 키우며 살면 된다고 말했고 그게 다였다. 셋은 조용히 식사를 한 뒤 차를 타고 더 깊은 산골짜기로 들어갔다. 눈앞에 산림보전지구라고 쓰인 플래카드와 함께 약간 가파른 언덕길이 나왔다. 여기서 세워줘! 소희가 말했다. 은수는 차를 세웠다. 두 사람이 언덕길을 걸어올라가는 모습을 보다가 은수는 카메라 가방을 열었다. 노인은 회색 바지에 흰 점퍼를 입었고 감색 모자를 쓰고 있었다. 마른 체형의 노인은 소희의 짐 가방 두 개를 양쪽 어깨에 거뜬히 둘러메고 걸었다. 그 뒤에서 소희가 왼쪽 숲길 쪽으로 쓰러져 내릴 듯 걷고 있었다. 은수는 카메라를 통해 산림보전지구 속으로 걸어들어가는 소희의 뒷모습을 계속 보고 있었다. 노인이 먼저 고개를 넘어가 이내 머리끝이 보이지 않게 되자, 소희가 천천히 뒤로 돌아서서 은수에게 한 팔을 흔들었다. 소희는 은수가 찍었던 수많은 영상 속의, 현실 속의 여자들처럼 평범한 모습이었다. 벌들이 몰려드는 것처럼 햇살이 따가웠다. 은수는 계속 카메라 뷰파인더를 보았다. 삽시간에 큰바람이 불며 숲이, 나무들이 거세게 흔들렸다. 엄마, 다음 시사회 때 영화 보러 와! 은수가 숲에 대고 소리쳤다.

*

소희가 이사를 가고 난 후 은수는 작업이 잘 되지 않았다. 왠지 우울감이 커져서 멍하니 있는 날이 많았다. 며칠 전에는 동료들과 맥주를 한잔하고 계단을 내려오다가 가벼운 사고를 당했다. 경의선숲길에 있는 맥줏집에서였는데, 계단 턱이 꽤 높았던데다 다초점 렌즈 때문인지 발을 내딛는 순간 밑을 잘 보지 못했다. 은수는 시멘트 바닥에 고꾸라져버렸다. 안경이 깨져 얼굴을 다쳤다. 그 일로 은수는 더 우울해졌다. 병원에 가 치료를 하고 약을 처방받아 먹었다. 병원에 두번째로 갔을 때 의사의 권유로 혈액검사를 했다. 결과가 좋지 않을 것 같은 예감이 들었다. 의사가 당뇨병과 관련한 가족력이 있는지 자꾸만 물었다. 자도 자도 잠이 왔다. 그렇게 자도 얼굴에 든 멍이 사라지지 않았다. 은수는 E선배에게 이메일을 썼다. 엄마가 가평으로 가서 마음이 아프다. 엄마를 제대로 보살피지 못하는 무능한 딸이라 자괴감이 든다. 너무 우울하다. 엄마보다 내가 먼저 죽었으면 좋겠어. 엄마가 나 죽는 걸 지켜봐주면 안 무서울 것 같아. 은수는 가끔 엄마에게 그런 말을 하고 싶었다고 E선배에게 고백했다. 그리고 이사하던 날 엄마를 찍은 영상의 일부를 첨부 파일로 보냈다. 선배는 도대체 어떻게, 뭘 먹고 사는지, 잘 지내는지 궁금하다는 인사말도 적었다. 답장은 밤 아홉시쯤 도착했다. 이런저런 말 끝에, 전과 달리 네 영상이 차분

하고 따뜻해졌다고 적혀 있었다. 별것도 아닌 그 문장을 보는 순간 은수는 피식 웃었다. 상처 난 얼굴이 땅기고 아팠다.

후암 이후

휴대폰 앱으로 집을 구하는 사람들이 많아지면서 젊은 손님들이 늘었다. 영주는 저녁 여덟시가 되어야 집을 보러 올 수 있다는 손님을 기다리고 있었다. 지난해 그녀는 오래 다니던 직장을 그만두었다. 이후 이런저런 일을 찾아봤지만 쉽지 않았다. 여성 청소원을 구한다는 동네 헬스클럽의 전단지를 보고 면접을 보러 가기도 했다. 월요일부터 금요일까지 하루 네 시간 근무에 월 급여가 백이십만원이었다. 나쁘지 않았다. 나이를 물어서 대답하자 금세 급여가 백만원으로 내려갔다. 그날 밤 부동산 중개사 자격증이 있는 친구와 후암동에 작은 부동산 사무실을 내기로 했다. 보증금의 이십 퍼센트를 보탠 게 다였기에 개인 창업을 할 수 없는 영주에게는 찬스였다.

"재앙이 따로 없어 얘, 부모가 동시에 치매에 걸려봐!"

주말이면 요양원에 가야 하는 친구 박사장을 대신해 영주는 주말에도 일했다. 후암동 버스 종점 앞에 있는 이 부동산 사무실이 집보다 편했다. 영주는 가방 속에서 비타민을 찾아 입에 넣고 물을 마셨다. 하늘색 생수통 주둥이를 두 손으로 쥐고 몇 걸음 옮긴 뒤 생수통을 번쩍 들어올렸다. 오랜 직장생활 끝에 남은 건 몸 이곳저곳에 생긴 통증뿐이었지만 생수통 하나쯤은 번쩍 들고 싶었다. 영주는 테이블 아래 놓아둔 군청색 잔스포츠 가방에 오른손을 넣어 휘저었다. 가방 맨 아래 넣어둔 플라스틱통이 손에 잡혔다. 뚜껑을 열자마자 달걀 비린내가 올라왔다. 삶은 달걀 두 개와 방울토마토 몇 알로 저녁식사를 하기 시작하고 뱃살이 좀 준 것도 같았다. 사실 그렇게 먹은 지 며칠 되지는 않았다. 영주는 고개를 숙인 채 묵묵히 삶은 달걀을 먹었다. 이 시간이면 늘 손뼉을 치며 골목을 배회하는 동네 청년이 부동산 앞을 지나 마트 쪽으로 올라가고 있었다. 영주는 마시다 남은 미지근한 생수를 입구에 놓아둔 화분에 뿌리고 다시 사무실로 들어왔다.

*

"아까 앱 보고 문자 드린, 오백에 삼십짜리 원룸 보러 온 사람이에요."

긴 머리칼을 한 갈래로 묶고 금속테 안경을 쓴 손님은 이십대 후반이나 삼십대 초반으로 보였다. 짝퉁 버버리 코트 차림이었는데 덥거나 말거나 괜찮다는 듯 보였다. 영주는 먹던 방울토마토를 급히 플라스틱통에 담아 냉장고에 넣고 나무젓가락을 쓰레기통에 버렸다. 집을 세놓은 주인에게 전화하는 사이, 손님은 정수기 종이컵을 빼 들고 물 한 잔을 마셨다.

5월인데 기온은 미친듯이 올라갔다. 개를 데리고 산책에 나선 사람들이 언덕을 따라 줄줄이 걸어올라가는 중이었다.

"웰시 코기다! 너무 귀엽다."

반대편에서 내려오던 여학생들이 개 쪽으로 몰려갔다. 손님도 개를 좋아하는지 잠깐 발걸음을 멈추고 개를 내려다봤다. 이태원, 경리단길, 해방촌의 집값이 매일매일 뛰던 때가 엊그제 같은데 이젠 거의 모든 가게가 텅 비어 있었다.

"좀 빨리 걸으실래요? 제가 오늘 일이 많아요."

영주는 사실 바쁘지 않았지만 남산도서관이 보이는 도로까지 빠르게 걸어올라갔다. 남산도서관 버스 정류장 앞 엘리베이터에서 내린 주민들이 가지처럼 뻗은 좁은 골목길로 조용히 흩어져갔다. 세를 놓은 에이스빌라는 소월로 턱 아래에 있었다. 사선으로 독일문화원 건물의 지붕 끝이 조금 보였다. 영주도 처음 가보는 집이라 위치를 잘 알지 못했다. 영주는 그 자리에 서서 구글 지도 앱이 가리키는 방향을 확인했다. 한순간 사방이 짙은 초콜릿 색깔로 어두워진 탓에 찾고 있는 집이 잘 안 보였다.

"여기 같은데요."

손님이 도로 아래쪽을 가리켰다. 도로 경사면에 면한 다세대주택은 가림막도 없이 공사중이었다. 바로 뒤쪽에 에이스빌라가 있었다. 출입문을 열자 입구에 쌓인 먼지 뭉치가 얼굴로 날아왔다. 복도 층계마다 쓰지 않는 생활 집기들이 차곡차곡 쌓여 있었다.

탁 트인 옥상은 괜찮았다. 시야를 가리는 건물도 없이 모든 풍경이 눈 밑으로 내려다보였다. 고지대 주택의 전형적인 옥상 풍경이어서 계약이 성사될지도 모른다는 기대를 하게 됐다. 하지만 최근에 방수공사를 했는지 페인트칠 냄새가 과했다. 영주는 열쇠를 찾지 못해 또 허둥댔다. 열쇠는 주머니를 다 뒤지고 나서야 손에 들고 있던 파우치 안에서 나왔다. 문을 열고 들어가는 순간, 방바닥에 깔린 비닐 때문에 미끄러질 뻔했다. 그사이 손님이 벽에 붙은 전기 스위치를 재빠르게 찾았다. 이럴 때마다 영주는 불안감을 느꼈다. 기억력도, 판단력도, 그 외에 다른 감각도 모두 쇠퇴해가는 중이었다.

불이 켜지자 옥탑방이 한눈에 들어왔다. 집안의 집기들이 불투명한 비닐로 거의 다 가려져 있었다. 어쩌면 세입자는 방역에 특별히 신경쓰는 사람인지도 몰랐다. 영주가 손님에게 먼저 말했다.

"방은 좀 그런데, 그래도 크긴 하네요. 밖에 전망도 좋구요. 옥상이 정말 좋네요. 이제 여름이잖아요!"

바비큐 파티 같은 걸 하라고 말하지 않은 것은 다행이었다. 영주의 말이 채 끝나기도 전에 손님은 바깥으로 나가 신발을 꿰어 신었다. 다시 봐도 전망은 좋았다. 하지만 그렇다고 옥상에서 지낼 수는 없는 일이었다. 영주는 혼자서 방안을 더 둘러봤다. 옷이 잔뜩 걸린 행어는 비닐로 위쪽을 모두 덮어놓아 전체적으로 뭔가 은폐하려는 것 같은 느낌이었다. 방바닥에 모기장 텐트는 왜 쳐둔 것인지, 캠핑 온 기분으로 살고 싶은 건가. 세입자의 센스는 제로였다. 게다가 개다리소반 위의 라면 찌꺼기 붙은 양은 냄비와 주변에 어질러진 비닐 쓰레기는 또 뭔가. 아무리 앞날이 막막한 사람이어도 쉽게 선택하기 어려운 비주얼의 방이었다.

보여줄 집은 많았다. 이번엔 힐튼호텔 대각선 아래 방향이었다. 힐튼호텔을 반대쪽에 두고 남산 모퉁이를 크게 돌아 횡단보도 앞에 섰을 때 손님이 말했다.

"저 호텔, 폭파해버리고 싶어요."

자동차 소음 때문에 잘못 들었나 싶었지만 되짚어봐도 분명 그렇게 말했다.

쇠창살을 댄 창문 틈으로 눈자위가 빨간 노인이 보였다.

"잠깐만 기다려요."

한참 만에 대문을 열어준 노인은 반바지에 흰 러닝셔츠를 입고 있었다. 한 손으로는 가슴팍을 계속 긁어댔다. 노인성 아토피 같았다. 노인은 좁은 담벼락에 바싹 기대선 채 호기심어린 표정을 지었다.

"이층 방 보러 왔어요, 어르신."

영주는 예의바르게 인사하고는 이층으로 올라갔다. 일층엔 거실 겸 노인의 방, 이층엔 세놓은 방과 보일러실이 전부였다. 계단은 담벼락에 마주 붙어 있어서 자칫하면 길바닥으로 추락할 것만 같아 보였다.

"내가 주인이에요."

계단을 다 올랐을 때 노인이 밑에서 영주와 손님을 올려다보며 주장하듯 말했다.

이층 방은 깔끔했다. 도배도 했고 장판도 새로 깔아 새집이나 다름없었다. 텔레비전장도 하나 놓았고 인터넷 선도 살아 있어 연결만 하면 됐다.

"오백만원 보증금에 월세가 삼십이라면 정말 싼 방이죠. 여긴 애들 셋, 넷 키우는 사람들도 살 수 있어요."

영주는 새로 한 도배지를 손끝으로 밀며 말했다.

"그런데요, 저 할아버지는 혼자 사시나요?"

손님이 코트 주머니에 손을 넣은 채 질문했다.

"혼자 사시기는 하지만, 거의 매일 방문 요양보호사랑 사회복지사가 와서 돌봐요. 아마 집 계약도 사회복지사랑 하셔야 할 거예요."

영주가 안심을 시키기 위해 재빨리 설명했다.

"아, 그렇군요. 날씨가 더워질 텐데, 에어컨만 있다면 참 좋겠네요."

손님은 여전히 주머니에 손을 넣은 채 천천히 고개를 돌려가며 집 구경을 했다.

"제가 사회복지사에게 물어볼게요. 세를 놓고 싶으면 에어컨 설치는 당연히 해주겠죠."

영주는 노인 전담인 사회복지사를 떠올렸다. 작업복 스타일의 청색 점퍼를 입고 빨대 꽂힌 텀블러를 든 채 노인이 묻는 말마다 몹시 불친절하게 대답하던 그가 지금도 오는지는 알 수 없었다.

"근데 저 할아버지 어디 아프신가요?"

"걱정 마세요. 저분 혼자는 계단도 다 못 올라올걸요. 손 떠는 거 보셨죠?"

영주는 그렇게 말해버렸다. 어차피 세입자가 감당할 일이었다. 손님은 집에 미련이 남는지 계속해서 그 자리에 서 있었다. 집은 마음에 드는데 노인과 같이 살고 싶지는 않은 게 틀림없었다. 이 집은 늘 다른 게 아닌 저 노인이 문제라고 박사장도 말하곤 했다.

"사실은 제 친구들 몇 명과 같이 살아보려고요. 아시죠? 공동거주 같은 거요. 그래도 괜찮겠죠? 집이 커서 정말 좋아요. 그런데 저 할아버지가 좀 신경 쓰여요."

노인은 여전히 가슴팍을 긁으며 담벼락에 기대서 있었다.

"연락드릴게요, 어르신."

노인은 영주와 손님이 나온 후에도 문틈에 눈을 대고 밖을 내다봤다. 뭐가 궁금하신 걸까. 영주는 잠깐 생각했지만 곧 단호하게 고개를 돌렸다.

"아까 전화로 신축 원룸 있다고 하지 않으셨나요? 제가 잘못 들었는지 모르겠지만요."

노인의 집에서 나와 큰길 쪽으로 걸을 때 손님이 물었다.

"있어요. 가볼래요? 제가 그쪽 부동산에 연락을 좀 해볼게요. 요즘은 다른 부동산들과 다 합동으로 하기 때문에 전화 한 통이면 바로 볼 수 있어요."

근처 부동산의 양사장이 영주에게 인사를 했다. 방향은 조금 다르지만 처음에 갔던 소월로 담벼락 바로 아래에 있는 신축 건물이었다. 그린빌라는 두 개의 주택 사이에 끼여 있었다. 좋은 점이라면 신축 건물이란 것이고 나쁜 점이라면 양쪽 집들 때문에 채광이 좋지 않다는 것이었다. 한 가지 더 있었다. 그린빌라는 무허가 건물이었다. 일층엔 아무것도 없고 이, 삼, 사층 모두 한 가구씩만 있었다. 좁은 땅에 지은 건물이라 내부도 각이 져 있었다. 양사장이 사층 복도의 전기계량기 박스를 열고 그 안에서 열쇠를 꺼냈다. 문을 열고 들어가보니 방은 아주 작고 천장도 낮았다. 그래도 싱글 침대를 들여놓고 몸을 움직이며 살 수 있을 정도는 되었다.

빌트인 세탁기에 에어컨, 냉장고, 싱크대와 빨래 건조대까지 옵션은 완벽했다. 그러나 창에 아예 나무를 덧대어 막아놓아 바깥 경치를 볼 수가 없었고, 미세하게 바닥이 기울어졌으며, 너무 좁아 갇힌 듯한 느낌을 주는 것이 사실이었다.

"에어컨 한번 틀어볼까요 우리?"

양사장이 에어컨 바람이 나오는 쪽에 한 손을 대고 흔들었다.

"여긴 층마다 혼자 살아 편해요. 무허가만 아니면 월세 백만원은 받을 수 있는데. 하지만 무허가라도 세입자 보호는 다 됩니다."

손님은 다시 코트 주머니에 손을 찔러넣은 채 말없이 서 있었다.

"게다가 남산이 코앞이잖아요. 남산을 매일 볼 수 있어요!"

남산 아래라지만 남산 뷰는 이 집의 것이 아니었다. 이 집은 오히려 감옥 뷰에 가까웠다.

"왜 이렇게 창문을 막아놨죠? 남산은 전혀 보이지 않잖아요?"

사실 그랬다. 손님은 역시 이 집의 문제점을 단번에 알아챘다. 영주는 이번에도 어려울 것 같아 문밖으로 나와 기다렸다. 손님은 뭘 하는지 조금 늦게 나왔다. 나와서도 문 쪽을 여러 번 돌아봤다.

"괜찮은 데 나오면 제가 다시 연락할게요."

그사이 양사장은 언덕에 미끄러질 듯 주차해놓은 차에 타 막 시동을 걸고 있었다. 영주는 부동산 사무실 쪽으로 걸어내려갔다. 오늘도 헛걸음이어서 벌써부터 목이 마르고 맥주 생각이 간절했다.

파우치에서 책상 서랍 열쇠를 꺼냈다. 영주는 서랍 맨 아래 칸에 개인 물건들을 보관해두었다. 퇴직한 후에 틈틈이 써온 일기장과 술병을 꺼냈다. 위스키 한 병이 영주의 유일한 재산이었다. 원래는 같이 일하던 최이사에게 주기 위해 작년에 친구의 외국 출장길에 부탁한 물건이었다. 실세였던 최이사는 작년 2, 3월경부터 계속해서 영주를 괴롭혔다. 같은 여자끼리고 뭐고 그런 것도 안 통했다. 그럴수록 영주는 일에 매달렸다. 그러나 일에서는 배신당하지 않는다는 신념도 매일 조금씩 무너졌다. 영주가 최이사에게 결정적으로 밉보인 건 주말에 자신의 집에서 함께 저녁을 먹자는 제안을 거절해서였다. 왜 뭐든 같이해야 하는지, 영주는 주말에까지 최이사의 얼굴을 보고 싶지 않았다. 하지만 최이사의 좋지 않은 점은 세상에 잘 드러나지 않았다. 최이사뿐 아니라 영주를 제외한 모든 사람의 잘못된 점은 잘 드러나지 않는 것 같았다. 영주는 최이사에게 위스키 한 병을 선물로 주고서라도 좀 잘 지내보고 싶었다. 하지만 어느 날 술병을 내려다보다가 머릿속의 생각과는 전혀 다르게 병뚜껑을 땄다. 그리고 병은 이제 곧 바닥을 드러낼 지경이었다. 최이사가 암에 걸리거나 교통사고가 나 죽어버렸으면 좋겠다고 생각한 게 한두 번이 아니었다. 하지만 누가 먼저 죽을지는 알 수 없는 일이었다. 영주는 술병을 도로 서랍에 넣고 닫은 뒤 열쇠로 잠갔다. 여름 내내 두고 조금씩 마시려던 계획은 물 건너간 지 오래였다. 편하게 기댈 데라곤 알코올뿐이었다.

*

일요일 저녁부터 장대비가 내렸다. 봄비치고는 강수량이 많아 월요일 아침에는 소월로 위쪽에서 빗물이 넘쳐 흘러내려올 정도였다. 뉴스에서는 기후변화로 인해 일찍 여름 장마가 온 것 같다고 애매하게 보도했다. 뭐든 기후변화 탓만 해버리면 끝이었다. 영주는 열시쯤 사무실에 도착했는데 박사장은 아직 출근 전이었다. 물을 끓여 카누 커피를 한잔 마시고 있을 즈음 금요일에 만난 양사장이 전화를 했다.

"버스 종점에 있는 그 마케팅 회사 사무실요, 무단침입자가 있다고 경찰에 신고가 들어갔대요. 서사장님도 키 갖고 있으니까 조사받을지도 몰라요. 알고 계세요."

영주는 자리에서 벌떡 일어났다.

"내가 왜 조사를 받아요. 그리고 거긴 보러 온 손님도 아예 없었는데 뭐. 내가 알 게 뭐예요. 키 줄 테니 가져가세요."

영주는 전화를 끊고 물끄러미 창밖을 내다봤다. 빗줄기는 더 거세졌고 오후 들면서 안개까지 끼었다. 텔레비전 화면에서는 출렁이는 중랑천이 보였다.

저녁 여덟시경, 영주는 마케팅 회사 현관문 앞 고무나무 화분 뒤에 놓아둔 랜턴을 집어들고 열쇠 구멍을 비췄다. 그사이 열쇠가 바뀌지 않았을까 잠깐 주저했지만 늘 그랬듯이 문은 쉽게 열렸다. 영주는 안도의 숨을 내쉬며 문 안쪽으로 들어서서 출입문을 걸었다. 랜턴 불빛이 제멋대로 벽면을 비추었다. 화장실 문짝은 이음매가 벌어질 대로 벌어져 문을 닫아도 다시 반쯤 열렸다. 불을 켜지 않아도 용변을 보는 데 아무 지장이 없을 만큼 화장실 구조는 익숙했다. 변기 레버를 내리려는데 어깨 통증 때문에 팔을 뒤로 돌리기가 힘겨웠다. 어깨를 만지며 화장실 밖으로 나온 순간 문밖에서 자동차가 멈추는 소리가 들렸다. 손님의 호출지를 잘못 파악한 택시였다. 밖에서 환히 보이는 일층 로비의 전기 스위치를 섣불리 켜서는 안 됐다. 영주는 랜턴 방향을 오른쪽 아래, 지하 계단으로 돌렸다. 지하로 내려갈 땐 한차례 호흡을 가다듬은 후 발을 뗐다. 전기 스위치를 찾아 불을 켰다. 사무실 다른 곳은 엘이디 등인 것 같은데 지하는 오래된 형광등을 그대로 사용했다. 불이 켜지며 지직거리는 형광등 소음이 심장 뛰는 소리보다 더 크게 들렸다. 영주는 눈을 가늘게 뜨고 천장을 올려다봤다. 형광등 소리만 멈추면 이곳은 이제 모두 그녀의 세상이었다.

"여긴 여전히 지저분하군!"

영주는 열쇠를 작업 테이블 위에 올려두고 스웨터를 벗어 의자 위로 대충 던졌다. 호기롭게 옷을 벗기는 했지만 목덜미로 으슬으슬 찬 기운이 밀려들었다. 행정구역상으로는 용산구 후암동, 남산 아래의 한 가정집을 사무실로 쓰는 마케팅 전문 G사의 사무실. 영주는 빈집털이 강도는 아니었다.

영주는 전에 다니던 회사에도 무단침입을 한 적이 있었다. 열쇠를 반납하지 않고 가지고 있을 수 있었던 건 사무처 직원이 바뀌면서 업무상 공백이 생긴 덕이었다. 전에 일했던 직원은 그런 걸 소홀히 할 사람이 전혀 아니었다. 영주는 여차해서 누군가에게 발각되면 두고 온 물건을 가지러 왔다거나 최근에 치매 판정을 받았다고 말해버릴 작정이었다. 하지만 다행히 들키지는 않았다. 마지막으로 회사를 방문한 지 일주일 만이었다. 주중에 초스피드로 권고사직 처리가 끝나서 한 번 갔고, 주말에 짐을 가지러 갔었다. 이층의 공용 사무실 창가 쪽에 있던 영주의 자리는 이미 다른 직원의 자리가 되어 있었다. 책상에 체크무늬 리본을 맨 귀여운 곰 인형이 있었는데, 귀 한쪽에 노란색 리본이 달려 있었다. 의자 밑에는 말로만 듣던 아주 작고 굽이 높은 분홍색 다이어트 슬리퍼가 보였다. 영주는 장난삼아 울퉁불퉁한 슬리퍼 위에 올라선 채 몇 걸음 걸어보았다. 좀처럼 편히 걸을 수 없었다.

미치게 덥고 공기마저 탁한 날이었다. 직원들이 출근하지 않는 주말 사무실에서 영주는 자신이 아직도 직원인 듯 행동했다. 회사 소식을 들을 때마다 영주는 내장이 빠져나간 사람처럼 멍청해지곤 했는데, 애초에 예상했던 것보다 훨씬 더 자주 그랬다. 주 사십 시간으로 근로시간이 단축되었다는 뉴스도 영주에게는 거짓말처럼 들렸다. 영주가 일하던 때에는 근로시간이 정해져 있기는커녕 토요일도 일요일도 없었다. 심지어 자려고 누워서도 일 생각만 했다. 영주는 일을 좋아했고 직장을 좋아했다. 영주에게 노동법 따위는 아무런 문제도 되지 않았다.

*

형광등 소리가 잦아들었다. 영주는 테이블 위에 놓인 사각형 어항 속을 자세히 들여다봤다. 전에 다니던 회사에서도 손톱 조각만하던 물고기들을 매일 먹이고 관리해 오동통하게 키웠다. 어항 속 물고기를 신경쓰는 사람은 서영주 말고는 아무도 없었다. 옥상의 실금 같은 여러 개의 틈새를 처음 발견한 것도, 방수업체와 페인트 가게를 찾아다닌 것도 그녀였다. 방수공사비를 아끼기 위해 0.5톤 트럭에 모든 장비를 싣고 다니는 일인 설비업자를 찾아낸 것도 물론 서영주 과장이었다. 서영주는 뭐든 하는 신인 동시에 노예였다.

“아 진짜, 엉망진창이구만!”

어항은 휴지나 화분 받침, 라이터나 향초를 넣어두는 수납함으로 쓰이고 있었다. 부엌 싱크대는 청소를 하지 않아 시커멓게 물때가 끼어 있었고, 부엌 안쪽 다용도실에 가득찬 쓰레기는 조금만 건드리면 다 무너져내릴 지경이었다. 무단침입자 주제에, 영주는 외쳤다.

"이 회사는 정말 카오스군, 카오스야!"

지하실은 쓰지 않는 사무실 집기와 선풍기 같은 계절 용품들로 발 디딜 틈이 없었다. 영주는 무너질 듯 쌓아올린 신문지와 짐 더미들을 하나씩 헤치며 생수를 찾기 시작했다. 입술이 마르고 목이 탔다. 굴러다니는 생수병 하나도 없는 사무실이라니, 갈증이 더 심해졌다. 주전자도 오래 쓰지 않은 듯 물기가 바싹 말라 있고 변색이 심했다. 린나이 구형 오븐 겸 가스레인지는 이 사무실에서 가장 오래된 집기 같아 보였다. 혹시나 해서 가스레인지에 토치로 불을 붙여보려고 했지만 불은 붙지 않았다. 불이 나는 상상을 하자 왠지 즐거워졌다. 드디어 냉장고가 보였다. 하지만 냉장고 안에는 캠페인용 소형 스티커나 사무용 봉투 등의 인쇄물이 보관되어 있었다. 어디에도 물은 없었다. 영주는 벽면에 세워둔 현수막을 바닥에 내려 내용을 읽어보았다. 신상품 체험단 백 명 모집. 영주는 현수막을 발로 지르밟았다.

창 쪽에서 인기척이 들려왔다. 사무실 근처를 돌아다니며 빈 상자나 폐지를 수거해가는 노인이었다. 영주는 그를 여러 차례 본 적이 있었다. 지하실 창은 폭이 아주 좁은 불투명 유리로 되어 있어 어두운 밤이 아니면 불을 켜도 표시가 잘 나지 않았다. 그런데도 그는 지하실에 불이 켜진 것을 봤는지 잠깐 그 자리에 멈춰 섰다. 영주는 살며시 걸음을 옮겨 전기 스위치를 끄고 창고 팻말이 붙은 철제문을 열었다. 무거운 공기가 입안으로 밀려들어오자 갑자기

몸이 떨렸다. 그리고 순간 재채기가 나왔다. 박스 끝에 튄 침이 길게 늘어지는 순간, 영주는 마치 기괴한 동물이라도 된 듯이 에너지를 몸 한가운데로 끌어모으며 입안에서 이상한 소리를 냈다. 그러고는 연극배우처럼 혼잣말을 지껄이며, 어지럽게 쌓아올려진 물건들을 치우고 한쪽에 밀쳐놓은 소파 위에 앉을 자리를 마련했다.

회사의 재정 상태가 좋지 않다는 건 이미 아는 일이었다. 입사 이래 재정 상태가 좋다는 말은 들은 적이 거의 없었다. 사장이 판교의 몇십억짜리 전원주택으로 이사를 했다는 소문이 돌기도 했지만 회사 사정은 늘 좋지 않았고, 그게 회사가 내세우는 무기였다. 영주는 자신이 해고를 당한다면 낮은 학력 때문이리라고 생각했다. 그것 말고는 회사에 어떤 손해도 끼친 적이 없다고 믿었다. 하지만 그런 믿음은 오래가지 못했다. 나이 어린 동료들과 회의를 할 때, 나이대가 비슷한 이사진들과 회의를 할 때, 그냥 같은 공간에 있다는 것만으로도 자신이 다른 사람을 불편하게 만든다는 느낌이 들면 몹시 절망스러웠다. 별일도 아니었다. 식곤증을 못 이겨 조금씩 졸거나 어깨가 아파 쥐고 있던 커피잔을 놓치는 정도였다. 눈이 침침해 문자메시지에 오자 한두 개를 내는 정도였다. 그렇다고 직원이, 사람이 처음부터 없었던 것처럼 단숨에 사라질 수는 없지 않나? 영주는 화가 치밀어올랐다가도 이내 의욕을 잃었다. '서과장이 후배들을 위해 자리를 양보해라.' 그 말을 들었을 때 영주는 진심으로 동료들의 얼굴을 떠올렸다. 지금은 아무도 떠오르지 않는 그 얼굴들! 영주는 이제 혼자 묻고 혼자 대답했다.

"이렇게 물건을 함부로 버리고, 지 물건들 아니라고 구석에 처박아놓는데 재정이 좋을 리가 없지. 안 그래? 내가 없으면 이 회사는 안 돌아가, 안 돌아간다구."

영주는 창고 안에 쌓여 있는 박스들을 맨 위에서부터 하나씩 차례로 열었다. 그 안에 넣어둔 배너며 일회용품들을 꺼내보았다가 다시 아무렇게나 쑤셔박았다. 마치 자기 회사에 온 것처럼 행동했다. 그때 주머니에서 삑삑거리는 휴대폰 신호가 울렸다.

'서울, 경기 남부지역 호우주의보 발령, 비 그친 후 미세먼지주의보 동시 발령.'

재난문자였다. 영주를 걱정해주는 건 역시 서울특별시뿐이었다.

*

홈통이 다 받아내지 못할 정도로 비의 양이 많아졌지만 영주는 그 사실을 알지 못했다. 영주는 지하실의 차단된 듯한 공기 속에서 연극 연습이라도 하는 배우처럼 왔다갔다했다. 뭔가 숨을 조여오는 것 같은 느낌을 참을 수 없어 과호흡증에 걸린 것처럼 계속해서 가쁜 숨을 내쉬었다.

사직을 한 이 주일 뒤, 영주는 사무실 인근의 지하철역에서 사장을 기다렸다가 미행했다. 핸드백 안에 폭이 넓은 테이프도 두 통이나 넣어 갔다. 그런다고 해서 별 방법이 생기는 건 아니었겠지만 무엇이라도 해야 했다. 영주는 그가 두 발로 멀쩡히 걸어다니는 걸 보고 구토를 할 뻔했다. 미행 도중에 사장을 놓치는 바람에 영주는 사장의 집 앞으로 가서 기다려야 했다. 그러나 술에 떡이 된 사장이 택시에서 내린 뒤에도 영주는 그의 털끝 하나 건드리지 못했다. 주홍색 현관 불이 켜지고 부드럽고 따뜻해 보이는 인상의 여자가 나와 사장을 집안으로 데리고 들어가는 걸 말없이 지켜봤을 뿐이었다. 보복 테러는 장렬한 실패였다. 판교에서부터 집까지 돌아오는 택시비와 사장의 집주소를 알아내기 위해 전 동료에게 보낸 커피 쿠폰값만 버린 셈이었다.

후드득거리는 거센 빗소리. 영주는 창고에서 나가 창 쪽을 보고는 다시 돌아왔다. 이제 어둠과 영주 단둘뿐이었다. 영주는 가방에 손을 넣어 익숙하게 위스키병을 꺼냈다. 술만이 그녀의 모든 비밀을 알았다. 영주는 한 방울이라도 흘릴까 조심스럽게 술을 입속에 떨어뜨렸다. 사실 그건 위스키 대신 채워넣은 진로 소주였다. 영주는 휴대폰을 꺼내 집짓기 게임인 심즈 앱을 열었다. 며칠째 욕실을 꾸미는 중이었는데 타일을 흰색으로 했다가 회색으로 했다가 이제는 아예 재질을 바꿔보는 중이었다. 그러느라 영주는 십 분 간격으로 두 번 이어진 호우경보를 인지하지 못했다. 그러거나 말거나 심즈는 정신건강에 좋았다. 누군가와 함께 살 집을 만들고 있으면 미래가 깡그리 사라지고 없다는 생각을 유예할 수 있었다. 영주는 그렇게 부정적인 사람은 아니었다. 이십 년 넘게 일한 회사에서 잘렸다고, 보복이랍시고 그곳에 가서 인생을 마감할 그런 인간은 전혀 못 되었다. 게다가 여긴 그 회사도 아니었다. 영주는 가상공간에서나마 충실하게 자신의 미래를 꾸미고 있었다. 영주는 자신만의 서재를 갖고 싶었다. 언젠가 이케아 매장에서 보았던 오픈형 서가를 완성할 작정이었다. 넓고 채광이 좋은 방 한가운데 커다란 책상과 회전의자를 놓고, 콘솔을 덧붙이고, 영화를 볼 수 있는 커다란 스크린도 설치했다. 후드득거리는 빗줄기 소리가 커졌지만 영주는 그 소리를 듣지 못하고 이제 아예 두 다리를 지저분한 박스 더미 위에 올린 채 소파에 상체를 묻었다.

배수관이 막혔는지 집과 마당의 경사면에는 빗물이 흥건했다. 눈앞이 보이지 않을 정도로 폭우가 쏟아졌다. 집 바깥에 서 있던 폐지 줍는 노인은 가쁘게 숨을 내쉬며 리어카를 쓰레기 분리수거장 옆으로 바싹 붙였다. 비를 맞느니 그 안에 들어가 비닐 속에 누워 있기로 한 모양이었다. 노인은 비닐 우비에서 천천히 담배를 꺼내 입에 물고 라이터를 여러 번 켜 불을 붙였다. 하늘이 이상했다. 비가 내리는데, 비 뒤로 무거운 안개가 버티고 서 있었다. 일층 로비에 세워둔 잡지 진열대에서 습기 먹은 잡지 하나가 바닥으로 곤두박질쳤지만 영주는 그 소리를 듣지 못했다. 빗줄기가 더 거세졌다. 사무실 건너편에 다닥다닥 붙은 다세대주택들 창 너머로 누군가가 프라이팬을 던졌다. 고양이도 울었다. 영주는 그 소리들도 듣지 못하고 굴러다니는 무릎 담요를 덮은 채 소파에 계속 누워 있었다. 창밖의 빗줄기가 강해질수록 어둡고 눅진한 지하실의 공기는 영주의 몸과 마음을 보호해주었다. 익숙한 어둠이 오랜만에 영주의 얼굴에 미소를 불러왔다. 빗줄기가 거세져 일대의 배수로가 넘칠 지경이 된 것도 모르는 채로, 어둠 안에서 반가운 얼굴을 보기라도 한 것처럼 영주는 입을 벌리고 웃었다. 여기서는 무슨 일을 하든 아무도 몰랐다.

*

부동산 사무실을 연 후 맞은 첫번째 휴일, 영주는 산림감시원으로 일하는 정민을 만나러 강원도 평창에 갔었다. 정민과는 별거중이었고 별거가 오래되자 몹시 불안했다. 노란색 안내원 조끼를 입은 정민은 산 입구의 초소 안에서 책을 읽고 있었다. 공동 숙소 같은 곳의 방 한 칸을 쓰며 지낸다고 했다. 함께 숙소에 간 영주가 하루 자고 가겠다고 말하자, 정민은 방 한쪽에 베개를 던져주곤 반대편에 덩그러니 누워 코를 골기 시작했다. 영주는 정민에게 다가가 자는 얼굴을 가만히 내려다봤다. 정민이 순간 반짝 눈을 떴다.

"당신 밤에 숲에 가본 적 있어? 한번 가볼래?"

정민은 커다란 랜턴을 들고 앞쪽에 섰다. 산으로 가는 동안 뭔가 부서지는 소리, 개들이 짖는 소리가 무섭게 들려왔다. 어디선가 자동차가 저 혼자 길에 처박히는 것 같은 소리도 들렸다. 영주는 익숙한 듯 숲으로 걸어들어가는 정민을 따라 더듬더듬 걸었다. 강한 바람이 숲을 다 뒤집어놓을 기세였다. 주변은 몹시 어두웠다. 정민이 들고 있는 랜턴 불빛에 의지해 두 사람은 겨우 앞으로 나아갔다. 숲의 편평한 한 지점에 도착했을 때 영주는 뒤에서 다가가 정민의 어깨에 손을 얹었다. 마른 어깨를 잡자 끌어안고 싶어져서 허리를 안았다. 윈드점퍼의 바삭거림이 숲의 소리보다 크게 느껴졌다. 영주는 애써 무슨 말인가를 해보려고 했다.

"나는 밤에 여기 자주 와."

정민은 완강히 앞을 향하고 있었고 앞에서 불어오는 바람을 피하려고 하지 않았다.

"낮이면 밤에 왔던 곳을 다시 찾아보지만 왠지 잘 찾지 못해."

영주는 정민의 마른 어깨에 얼굴을 기댔다.

"다시 시작해보자. 응?"

영주가 말했다. 그리고 정민의 어깨에 얼굴을 얹은 채 한참 동안 밤바람을 맞았다. 이 순간을 놓쳐버리면 뭔가 잘못되고 말지 모른다는 두려움이 영주를 몰아세웠다. 산이 움직이는 소리만 들렸고 정민은 아무 반응이 없었다. 영주는 지금도 그 밤에 숲에서 무슨 소리를 들었는지 잘 기억하지 못한다.

*

"소월로 아래 원룸, 그 무허가 있잖아요. 12-9번지. 거기로 좀 오실래요?"

전화는 불손하게 툭 끊어졌다. 영주는 샌들을 운동화로 갈아 신고 서둘러 나섰다. 언덕길이라 빨리 뛰기가 쉽지 않았다.

"아, 진짜 사람 돌겠네."

양사장이 그린빌라 401호 현관 안에 서 있었다. 충분히 돌 만한 상황이었다. 한 사람이 집을 무단점거했고, 401호는 이미 그 사람의 집이나 다름없었다. 열린 세탁기 문에 걸린 수건, 바닥에 흐트러진 책, 검은 봉지에 든 견과류, 소주병 두 개, 노트와 연필, 그리고 벽 행어에 걸린 짝퉁 버버리 코트가 보였다. 영주는 여자에게 다가갔다. 소주 냄새가 진동했다. 영주는 겁이 나 양사장을 돌아봤다. 순간 양사장이 화를 참지 못하고 발길질을 하려고 했다.

"놔둬요. 내가 깨울게요."

방은 정말 답답했다. 바로 위가 남산인데 남산 뷰를 보지 못하게 막아둔 이유가 뭘까, 영주는 새삼스럽게 생각했다.

"여긴 정말 감옥 같네요."

영주는 양사장이 경찰에 신고하러 나간 사이 휴대폰 메시지 함을 열었다. 누군지 이름이라도 알고 싶어서였다. 공손한 인사말과 함께 적힌 이름은 '빛나'였다.

'안녕하세요. 빛나라고 합니다. 후암동에 오백에 삼십짜리 원룸이 있다고 앱에서 봤는데요. 보러 가고 싶은데, 제가 저녁 여덟시에 일을 마쳐서요. 그때 가도 될까요?'

영주는 손을 뻗어 여자의 어깨를 잡으려고 했다. 손이 떨렸다. 왠지 이 모든 일이 자신을 벌주기 위해 일어난 일인 것처럼 느껴졌다. 영주는 가까스로 여자의 어깨를 흔들어보았다. 하지만 여자는 움직이지 않았다. 영주는 힘을 주어 아랫입술을 물고 여자의 어깨를 흔들었다. 순간 여자가 끙 소리를 내며 벽 쪽으로 몸을 돌렸다. 영주는 그제야 비로소 안도하듯 숨을 내쉬었다.

낙산

병원에서 나와 골목길에 세워둔 자동차를 탔다. 앞좌석 문을 열어주는 철진의 배려를 무시하고 굳이 뒷자리로 가 앉았다. 어지럽긴 했지만 부축을 받을 정도는 아니었다. 철진은 조심스럽게 차를 몰았지만 대로로 나가기까지 여러 차례 과속방지 턱을 넘어야 했다. 그때마다 속이 울렁거렸다. 같은 서울이지만 동네 이름조차 들어본 적 없는 이곳에 다시는 오고 싶지 않았다.

"너 아직도 그 향수 써?"

철진에게 물었다. 철진은 진한 머스크 향의 향수를 썼다. 병원에서부터 따라온 약 냄새가 철진의 향수 냄새와 뒤섞여 토할 것 같았다. 차를 세워달라고 말했다. 철진은 비상등을 켜고 길가에 차를 붙여 세웠다. 뺨에 닿는 바람이 놀랍도록 차가워 열었던 창문을 다시 닫았다. 커다란 눈송이가 휴지처럼 떨어져 내렸다. 옷가게 앞 행어에 걸린 알록달록한 옷들이 눈을 맞으며 조금씩 흔들리고 있었다. 벌써 12월의 반이 갔다. 올해는 특별히 임신중단으로 한 해의 끝을 마무리하는 중이었다.

"이제 가자, 괜찮아."

나는 창문을 올렸고 철진은 다시 천천히 차를 몰았다.

*

집에 도착하자마자 철진은 보일러를 틀고 전기 매트를 켰다. 이가 떨릴 정도로 집안 공기가 싸늘했다. 철진의 부축을 받아 침대에 누웠다.

"죽 좀 사올게. 누워 있어."

철진은 이불자락을 끌어올려 덮어주고 물끄러미 나를 내려다보다가 방에서 나갔다. 마취약 때문인지 그대로 잠이 들었다가 한참 만에야 눈을 떴다. 아무리 몸에 힘을 주려고 해도 잘 되지 않았다. 머리가 짜개질 듯 아파 몸의 방향을 바꾸려다 토하고 말았다. 짙은 유자차 색깔의 위액이 베개 위로 흘렀다.

'부장이 빨리 들어오라고 하네. 이따 죽 사가지고 다시 올게. 필요한 거 있으면 문자 해. 미안.'

철진은 내 눈치를 보고 있는 게 분명했다. 메시지에서 잔뜩 겁을 먹은 게 느껴졌다. 누구의 잘못도 아니라는 걸 이해하면서도 화가 나는 건 어쩔 수 없었다.

철진과 나는 삼 년째 연애중이었다. 임신 사실을 알았을 때 나는 공부가 더 하고 싶다고 말했다. 자기계발과 육아라는 이중 구속 상태에서 허우적거리며 인생을 망치고 싶지 않았다. 철진도 아직 아버지가 될 용기가 없다고, 아이를 키우는 건 무섭다고 말했다. 결혼생활을 시작할 물질적 토대가 약하다는 말도 했다. 나는 제지회사 소속의 종이 패턴 디자이너, 철진은 수산식품 가공회사의 영업부 직원이었다. 둘의 연봉을 합치면 최소한 세 명이 굶지는 않을 테고, 십 년쯤 지나면 낡은 빌라 정도는 전세로 얻을 수 있을 테지만 그럼에도 불구하고 우리는 그렇게 하지 않았다. 무엇보다 나는 원하지 않는 아이는 낳기 싫었다. 우리는 스타벅스에서 그런 얘기를 하면서 호지티라테를 마셨다. 물에 불린 종이를 씹는 것 같은 맛이 났던 호지티라테는 이후 잘 마시지 않게 되었다.

현관 벨이 울렸다. 비닐봉지라도 든 것처럼 아랫배가 벙벙하게 부풀어오르고 아파서 문을 늦게 열었다. 정장에 플랫슈즈를 신은 여자가 안경을 쓰고 백팩을 멘 여자와 함께 서 있었다.

"안녕하세요. 집 좀 보러 왔어요. 낙산부동산에 집 내놓으셨죠?"

사 개월쯤 전에 부동산에 갔던 걸 잊고 있었다. 말이 대학로고 종로지 이곳은 번화가로부터 한참 떨어진, 창신동이 가까운 낙산의 절벽 마을이었다. 한여름에 집에서 지하철역까지 걸어내려가려면 몸에서 땀이 났다. 눈이 내리는 겨울이나 장마철에는 길이 험해 늘 간당간당하게 회사에 도착했다.

"가능하면 빨리 집을 빼고 싶어요."

나는 부동산 중개사에게 비밀번호를 적은 메모지를 건네주며 아무때나 와서 편하게 집을 보여주라고 말했었다. 그때만 해도 더 이상 낙산 아래에서는 살고 싶지 않았다. 두 사람은 집을 둘러보고 금방 나갔다. 이 추운 계절에 살색 스타킹은 좀 심하지 않나. 또 이가 달달 떨렸고 으슬으슬 추웠다. 다이어리를 펴보니 집을 내놓았던 날 중국이 묵자의 이름을 딴 인공위성을 발사했다는 메모가 있었다. 오늘 병원에 다녀온 것도 기록해두었다.

침대 위에서 맨손체조를 하고 커피를 마셔도 우울함이 가시지 않았다. 계속되는 출혈로 신경이 곤두서고 날 선 느낌이 지속됐다. 똑같은 뉴스를 반복해 보며 누워 있었다. 철진은 업무 시간에도 자주 메시지를 보내고 다정한 목소리로 전화를 걸었다. 아기는 지웠는데 기억은 지워지지 않았다. 며칠 남지 않은 휴가 기간 안에 깨끗하게 잊을 수만 있다면 더 바랄 게 없었다.

*

연극을 보러 극장에 가기로 하고 준비를 하는 데만 꼬박 두 시간이 걸렸다. 목이 긴 양말을 신었다가 목이 짧은 양말을 신었다가 양말을 양손에 쥐고 한참을 가만히 앉아 있었다. 겨우 바깥으로 나와서 본 창신동은 미세먼지에 휩싸여 있었고 절벽 마을의 가파름은 목탄화처럼 흐릿하게 뭉개져 보였다. 커다란 해바라기꽃 그림이 그려진 벽화 계단 쪽은 이미 관광객들로 시끄러웠다.

대학로의 예술극장 피플 인사이드의 매표소에는 직원이 보이지 않고, 엑스자 테이프가 붙어 있었다. 문을 흔들어봤지만 철제 체인이 단단히 묶여 있어 꼼짝도 안 했다. 목요일이 휴관일일 리는 없는데 주변은 온통 삭막했다. 바닥에는 비둘기 똥이 군데군데 묻어 있었고 종이컵이 발에 차였다. 이젠 아무도 연극을 보러 극장에 오지 않는다. 연극도 마음대로 볼 수 없다니, 엄청난 상실감이 몰려왔다. 그대로 집으로 돌아가기는 싫어서 종로3가의 시네마테크로 목적지를 바꿨다.

나는 이상하게도 종로가 편했다. 오랜만에 광장시장에 가서 빈대떡도 먹고 막걸리도 마시고 사람들 떠드는 소리를 들어야지. 끝없이 이어진 수산물 시장 골목을 돌고 또 도는 것도 좋겠지. 금이 간 길바닥이 검은 혈관처럼 보여 그걸 따라서 걷는 것도 심심하지 않았다. 종로에는 움직이지 않고 길거리에 가만히 서 있는 사람들이 유독 많았다. 주머니에 든 휴지를 꺼내 편의점 옆 좁은 골목으로 던져 넣었다. 종로에서는 쓰레기를 아무데나 버렸다.

바닥이 칙칙한 좁은 골목길을 여러 개 지나 극장 입구에 도착했다. 깃발을 든 관광 가이드 주변에 모여 선 아시아인 관광객들과 교복 입은 학생들로 좁은 극장 앞이 복잡했다. 여러 개의 상영관이 각자 다른 영화를 상영하는 복합상영관의 익숙한 풍경이었다.

텅 빈 중앙에 키 큰 낙엽활엽수 화분 몇 개를 놓은 게 전부인 조악한 로비 인테리어, 별로 들어가 앉아 있고 싶은 마음이 들지 않는 어두운 커피숍, 바이러스가 떠돌아다닐 것 같은 높고 어두운 천장과 눅눅한 공기. 변기가 헛도는 듯해 늘 불안한 화장실은 정말이지 이 극장의 빼놓을 수 없는 문제점이었다. 그 모든 것이 마음에 들지 않는데도 왜 나는 시네마테크에 오면 안정감을 느끼는 걸까. 낡은 극장과 나를 동일시하게 된다. 엘리베이터를 타고 상영관으로 올라갔다. 시네마테크에서는 언제나 쩨쩨한 일상 따위는 단번에 잊게 해주는 멋진 영화가 상영되고 있었다.

극장 앞에서 가져온 팸플릿에는 포르투갈 영화제 상영작인 마노엘 드 올리베이라 감독의 1982년 작 〈방문 혹은 기억과 고백〉이 소개되어 있었다. 기억에 대한 흥미로운 탐색이라는 설명을 읽고 기대에 부풀어 휴, 하고 숨을 내쉬었다. 하지만 삼층의 상영관은 닫혀 있었다. 포르투갈 영화제는 12월이 아닌 11월 프로그램이었고, 심지어 나는 매표소도 거치지 않고 그냥 상영관으로 올라온 것이었다. 마취약 냄새가 종일 따라다니는 것 같아 주머니 속에서 내내 조몰락거려 녹진해진 캐러멜을 입속에 넣었다. 토하지는 말아야 하니까. 신성한 시네마테크에서 토할 수는 없다. 상영관과 연결되어 있는 화장실로 향했다. 화장실에서 나왔을 때 누군가 말을 걸어와 깜짝 놀랐다.

"여자 화장실에는 휴지 있나요?"

회색 점퍼를 입고 어깨에 사선으로 가방을 멘 남자가 곤란한 얼굴로 날 쳐다보고 있었다.

"휴지 필요하시면 갖다드릴까요?"

남자는 곧 울 것 같은 얼굴로 나를 보기만 할 뿐 대답은 하지 않았다.

금은방 골목에 있는 분식집으로 들어갔다. 대부분 혼자서 먹는 사람들이었다. 밥 냄새가 났다. 밥은 단물이 나올 때까지 꼭꼭 씹어 먹어야 한다고 했던 할머니 말이 떠올랐다. 할머니는 바보처럼 입을 벌리고 눈을 꼭 감은 채 천천히, 그러나 단호하게 하늘나라로 갔다. 난 힘든 일이 생기면 할머니 생각을 했다. 그러니까 할머니가 떠오르면 뭔가 힘든 것이었다. 주문을 받으러 오기 전에 분식집에서 나왔다. 아무래도 아무것도 먹지 못할 것 같았다. 집까지 걸어가려면 꽤 멀었다. 화장실 앞에서 마주친 회색 점퍼의 남자가 횡단보도에 서 있었다. 그도 나처럼 영화를 보러 왔던 걸까. 남자는 화장실 앞에서 봤을 때보다 체구가 작아 보였다.

학림다방에 들어갔다. 다리가 후들거려 철퍼덕 소리를 내며 가죽소파에 주저앉았다. 머리칼이 회색인 남자가 종이가 다 해진 메뉴판을 갖다주었다. 몇 안 되는 창가 자리에만 손님이 있었고 나머지 테이블은 비어 있었다.

'밥은 먹었어? 마음의 평정을 잃지 않았으면 한다.'

철진에게서 온 문자메시지였다. 평정이라니, 무슨 종교인이야 미친놈! 나도 모르게 욕이 나왔다. 엘피판과 주홍색 조명, 은은하게 손때 묻은 나무 테이블이 다방 분위기를 몹시 무겁고 올드하게 연출하고 있었다. 그래도 커피를 주문했다.

철진은 나보다 십이 개월 사 일 늦게 태어났다. 한 살 위의 형과 다투고 형을 질투하느라 어린 시절이 어떻게 갔는지도 모른다고 했다. 어느 날에는 말썽을 부렸다가 부모로부터 형의 친구가 필요했기에 너를 낳았다는 모욕적인 말을 들었다. 철진은 형의 물건을 하나씩 망가뜨린다거나 형이 먹을 간식을 독차지함으로써 화를 풀었다. 철진의 아버지가 회사에서 일을 하다가 뇌경색으로 쓰러진 후 갑자기 죽지 않았다면 철진은 지금처럼 조심조심 살지 않았을지도 모른다. 철진은 늦은 밤 엄마가 마이크와 무전기를 차고 고깃집에서 서빙하는 모습을 식당 밖에서 들여다보곤 했다. 또 혼자서 생활비와 학원비를 감당하지 못해 전화통을 붙들고 조용한 목소리로 누군가에게 돈을 빌려달라고 말하는 소리를 여러 번 들었다. 성인이 되어서 고생한 엄마의 수고를 덜어주겠다는 철진의 결심은 번번이 깨졌다. 철진은 내게 고백할 때 자신의 어릴 적 사진 한 장을 휴대폰으로 전송해주었고 나는 그 사진을 오래 들여다보았다. 그리고 며칠 후 철진을 원룸으로 데리고 왔다. 우리는 뭘 잘못한 걸까. 마음의 평정이라니, 철진은 유산을 한 게 어떤 일인지 짐작이나 하고 있을까. 우리는 각자 자신의 발등을 적신 흙탕물만 내려다보고 있는지도 몰랐다.

대학로는 오래전에 활기를 잃었다. 활기를 잃어 나 같은 사람도 낙산으로 이사를 올 수 있었다. 방송통신대 뒤쪽, 흰 외관을 한 높지 않은 건물 앞에만 사람들이 모여 있었다. 옷가게와 피자 가게가 있는 건물 이층에 전에는 없었던 곳이 눈에 띄었다. 입구에 코인 노래방 간판이 붙어 있었고, 번호가 당첨되면 스페인 왕복 항공권 두 장을 준다고 적힌 물통 배너도 보였다. 모두 다 줄을 선 채 입장을 기다렸다.

이층의 코인 노래방 문을 밀고 들어가자마자 종업원이 다가와 종이 쿠폰 한 장과 마이크 캡이 든 비닐 팩을 건네주었다.

"저쪽 삼번 방 들어가세요."

방에는 일자형 의자가 하나 놓여 있고 커다란 모니터가 벽 중앙에, 동전을 넣는 기계가 벽 아래쪽에 붙어 있었다. 종이 쿠폰에 인쇄된 숫자 네 자리를 뚫어져라 노려봤다. 방음이라고는 전혀 되지 않는지 옆방에서 부르는 노랫소리가 다 들렸다. 노래방 창으로 서울대병원과 방송통신대 주변이 내다보였다. 반짝거리는 조명이 창틀을 따라 돌며 켜졌다 꺼졌다 반복했다. 딱히 노래를 부르고 싶은 생각은 없었지만 오백원짜리 동전을 하나 넣고 노래책을 뒤

적이기 시작했다. 노래 하나를 골라 번호를 누르자 멜로디가 나왔다. 전에 친구들과 자주 부르던 노래였는데 웬지 멜로디조차도 생소해 부를 수 없었다. 다시 오백원을 넣고 또다른 노래를 찾아 번호를 눌렀다. 이번엔 영어로 된 노래였다. 그러나 역시 목소리는 나오지 않았다.

집에 돌아오니 현관문이 열려 있고 부동산 중개사와 한 남자가 거실에 서 있었다. 기분이 별로였다.

"낙산이 뒤에 있어서 좋고, 지금은 밤이라 그렇지 원룸치고는 해가 잘 들어요."

부동산 중개사의 목소리를 듣고는 인기척을 했다. 막상 집을 보러 온 사람을 보자 낙산에서 벗어나 서울 어디로 이사갈 수 있을지 막막해졌다.

"소음은 없나요?"

집을 보러 온 남자가 나한테 물었다.

"전혀 없어요."

나는 옆방의 중국인들이 가끔씩 미친듯이 큰 소리로 떠들어댄다는 걸 사실대로 말하려다가 그만두었다. 처음에 이사왔을 때만 해도 이 건물에는 인근의 성균관대나 성신여대에 다니는 자취생들이 많았다. 그러나 시간이 지나면서 대학생들은 없어지고 대부분의 방이 중국인 관광객이 묵는 단기 게스트하우스가 되거나 장기 투

숙객들을 받는 레지던스가 되거나 그냥 비어버렸다.

두 사람이 나가고 현관문을 닫아걸었다. 오래 걸은 탓인지 배가 아프고 머리가 무거웠다. 딱히 어디가 아프다고 말을 하기가 어려울 정도로 몸 여기저기서 통증이 느껴졌다. 이제 금요일과 토요일, 일요일만 지나면 다시 출근해야 했다.

*

아침부터 소란스러웠다. 하루 휴가를 낸 철진이 홍삼즙 하나를 들고 침대에 걸터앉았다. 유기농을 좋아하는 날 위해 생협에서 샀다며 말이 많았다. 그때 메신저가 울렸다. 회사 동료가 내가 작업 중인 패턴 파일을 급히 웹 하드에 올려달라고 했다. 어디선가 새로운 제작 발주가 들어온 모양이었다. 네가 아니어도 신제품 디자인은 계속된다는, 나쁜 신호처럼 느껴졌다. 때마침 옆방의 중국 청년이 뭔가 화가 났는지 고래고래 소리를 지르며 통화를 했다. 한마디 한마디 청년의 말이 끝날 때마다 철진이 중얼거렸다.

"아버지 나 돈 없어. 돈 없다니까. 제발 돈 좀 보내주라. 한국은 진짜 좋아. 아버지도 와봐. 명동에 같이 가요 우리. 그러니까 돈 좀 보내줘."

그런 말이 틀림없다고 했다.

"아 자식 열나 시끄럽네."

철진은 한 손으로 벽을 탁탁 쳤다.

베트남 쌀국수를 먹으러 식당으로 들어갔다. 점심시간이 지난 직후라 아직 손님이 많기도 했고 조용하게 먹을 수 있는 분위기가 아니었다. 물잔을 놓고 간 종업원은 주문 벨을 눌러도 오지 않았고, 유아 의자에 앉은 한 아기가 죽을 듯이 울어대서 난장판이 따로 없었다. 그러거나 말거나 손님들은 계속해서 소란스럽게 떠들었다. 뭔가 억울했을까. 아니면 소음 때문이었을까.

"헤어져."

나는 철진에게 말하고 쌀국숫집에서 나와버렸다. 시끄러워서 제대로 듣지 못했을 수도 있었다. 식당 유리문에 붙어 있던 시급 팔천원이라는 안내문이 내내 머리에 남았다. 회사에서 잘리면 시도해볼 수도 있을 테니까. 버스를 기다리는데 여름에 쏘아올린 중국의 인공위성 소식이 버스 정류장 모니터 뉴스에 떴다. 이상하게 어깨가 떨리고 추웠다. 나는 누군가 내 앞에 와 있다는 것도 모르고 있었다. 한 여자가 내 얼굴을 들여다보며 서 있었다.

"주짓수에 관심 없으세요?"

나는 순간적으로 고개를 돌렸다. 정차한 버스의 창에 비친 그림자는 계속 내 옆에 서 있다가 몇 초 후에 사라졌다.

미장원에 들렀다. 인테리어가 대단했다. 마치 한번 들어가면 영원히 나오지 못할 정글이라도 되는 듯, 커다란 잎이 눈앞을 가리는 초록색 화분으로 미장원이 가득차 있었다.

"어서 와 학생, 잘살다 왔어?"

카리스마 넘치는 원장님의 말에 그만 들여놓은 발을 빼지 못하고 미장원 안으로 들어가버리고 말았다. 앉아 있는 손님은 모두 할머니들이었고 원장님도 칠십대로 보였다. 베트남에서 왔다는 어린 나이의 견습생이 한국말로 열심히 손님들의 시중을 들었다. 염색을 하고 머리를 조금 다듬는 데 네 시간이 넘게 걸렸다. 할머니들은 관광객들이 많이 와봐야 장사하는 사람들이나 좋지 동네 사람에게는 아무런 이익이 없다며 투덜댔다.

"벽화마을에 있는 커피 가게는 하루 매상이 몇백만원이래. 사람들이 많이 드나들면 좋지 뭘 그래. 여기 언제 누가 오기나 했었나. 사람들이 많이 오는 게 좋은 거야."

할머니들은 헤어 롤로 머리를 만 채 떡이나 귤을 먹으며 수다를 떨었고, 텔레비전을 보거나 앉아서 졸거나 아예 옆으로 누워 잠도 잤다. 집으로 갈 때는 베트남 견습생에게 천원짜리 몇 장을 팁으로 주었다. 나도 소파에 기대 잠깐 잠이 들었다 나왔다.

"잘살다 오세요 우리 이쁜 아가씨."

원장님이 내 등뒤에다 대고 한 말이었다. 왠지 그 말을 다이어리에 적어두고 싶었다.

뒤이어 찾아간 노래방은 한가할 줄 알았으나 시험을 마친 고등학생들로 북적였다. 나는 카운터 앞 의자에 앉아 빈방이 나길 기다렸다. 자동문이 수시로 열리고 닫히며 사람들이 들어와 전단지를 주고 나갔다.

"너 뒤질래?"

여학생들이 방문을 세게 열고 닫고 소리를 지르며 나왔다 들어갔다 했다. 방이 배정되자 나는 지난번에 받은 쿠폰을 종업원에게 내밀었다. 종업원은 내가 건넨 쿠폰을 받고는 새로운 쿠폰 한 장을 더 주었다. 스페인 항공권은 꽝이었지만 노래 두 곡은 무료였다. 오늘은 영어 노래를 시도해볼 생각이었다. 반주가 나오고 마이크를 입에 대려는 순간, 나도 모르게 고개가 창 쪽으로 돌아갔다. 이번에도 목소리는 입 밖으로 나오지 않았다.

이화벽화마을과 낙산공원에는 여러 나라의 언어로 된 안내장이 붙어 있었다. 벽화마을 주변에 사는 사람들은 아무때나 집 대문을 밀고 들어오는 관광객들과 소음으로 불편함을 호소했다. 낙산성곽길에서 내려온 관광객들이 이화장 앞 공터에 모여 소란스럽게 떠들고 있었다. 손에는 쇼핑한 가방들이 한둘씩은 들려 있었다. 대형 관광버스가 이화장 앞을 크게 돌아 육중한 차문을 연 뒤 그들을 실어갔다. 계단을 오르고 또 올랐다. 늘 열심히 걸어올라가도 집은 멀게만 느껴졌다. 순간 성곽을 따라 불이 켜졌다. 즐겁게 웃고 떠드는 저 관광객들처럼 나도 여행이라도 가고 싶었다. 원룸

건물 입구에도, 현관 우체통 안에도 전단지투성이였다. 손님이 뜸해진 창신동의 매운 족발 가게들이 집집마다 전단지를 붙여놓고 간 것이었다. 배가 고파 전화로 족발을 주문했다. 매운 족발이니까 매운 게 당연했지만 그렇다고 해도 너무 매웠다.

"어떻게 족발을 이렇게 만들 수가 있냐고?"

혼자서 소주를 여러 잔 마셔 말수가 많아졌다. 옆방 중국인한테 너도 한번 당해보라고 하고 싶었다. 연말까지 계속 쉬고 싶다는 생각을 했다. 이제 휴가는 이틀 후면 끝이었다. 무슨 인생이 쉬고 싶을 때 쉴 수도 없는지, 그 정도의 예금도 해놓지 못한 나 자신이 한심하게 여겨졌다.

술을 마시면 용감해졌다. 철진이 개장수 모자라고 불렀던 벙거지 모자를 눌러쓰고 낙산공원으로 올라갔다. 계단 앞에 뭉개져 있던 아이스크림을 밟고 미끄러져 하마터면 대형사고가 날 뻔했지만 겨우 중심을 잡아 위기를 모면했다. 한밤중에도 벽화마을은 기념촬영을 하는 사람들 천지였다. 한복을 입고 드라마에 나오는 옛날 말투를 흉내내는 젊은 커플들이 미친듯이 웃고 있었다. 날씨도 추운데 이렇게 행복한 얼굴로 돌아다니는 사람이 많다는 데 배신감이 들 정도였다. 옆 골목의 포장마차는 성업중, 맥주나 막걸리를 파는 주점 역시도 마찬가지로 성업중이었다. 맨날 출근했다 퇴근해 자고, 다음날 다시 출근하는 내게 낙산은 구슬 속에 들어찬 세상처럼 신기했다. 서울이 커다란 스노볼 안에 다 담길 것처럼 작고 만만해 보인 것은 처음이었다.

*

어제 낙산공원에 다녀왔을 뿐인데 몸 여기저기에 난 붉은 상처가 보였다. 약국에 가기 위해 창신동 골목으로 내려갔다. 전태일재단 건물을 지나 창신시장으로 가는 길에 작은 갤러리에서 열리는 전시회 홍보 배너를 보았다. 약국에 들러 약을 사고 검은 비닐봉지를 든 채 갤러리로 갔다. 갤러리는 전깃줄이 복잡하게 얽히고설킨 시장 골목을 벗어난 곳에 마름모꼴 형태로 조성되어 있었는데, 원래 봉제공장이었던 건물 두 곳을 터서 만들었다고 했다. 갤러리에는 미국의 풍경 사진이 걸려 있었다. 팸플릿에는 작가가 알파벳 L로 시작하는 미국 동부의 어느 지역을 사진과 영상으로 기록했다고 쓰여 있었다. 미국의 가난한 사람들이나 소외된 사람들에 대한 기록이라고 할 수 있는데, 옛날부터 많이 봐왔던 대공황 시절의 사진들과 크게 다르지 않았다. 사실 문밖으로 한 발짝만 나가면 보이는 창신동도 여기 걸린 사진들보다 더하면 더했지 조금도 덜하지 않았다. 그러잖아도 작가가 창신동에서 어린 시절을 보냈기 때문에 이제 창신동 작업을 본격적으로 이어갈 거라고 적혀 있었다. 조금 뒤에 작가와 대화를 하는 시간이 있다고 해서 나는 전시장 한 귀퉁이에 어정쩡하게 서 있었다.

작가는 초록색 스웨터에 귀여운 모자를 쓰고 관객들 앞으로 나왔다. 관객은 나를 포함해 총 세 명뿐이었다.

"제가 미국에 있을 때 어떤 인류학자를 만났는데, 아주 맑고 투명한 느낌을 주는 사람이었어요. 그 사람 차를 타고 어딘가로 가며 얘기를 나눴는데, 상실감이랄까, 쉽게 뛰어넘을 수 없는 어떤 감정의 상처를 치유하는 데 큰 도움이 됐어요."

작가의 얘기를 들으며 점점 기분이 오묘해지기 시작했다. 무슨 얘기를 하려고 하는 건지 잘 알아듣기가 어려웠다. 그때 작가가 내 앞으로 다가와 전단지를 내밀며 말했다.

"저랑 같이 창신 지구 탐사, 하지 않으실래요?"

그렇게 나는 즉흥적으로 창신 지구를 돌아다니는 주말여행 팀에 신청을 하고 말았다. 작가가 잠깐 자리를 비운 사이 중성적인 느낌을 주는 한 남자가 여행 기획자라며 인사를 청하고는 명함을 건넸다. 나는 남자가 얘기를 하는 동안 명함 테두리를 만지작거렸다. 남자는 말을 할 때마다 두 팔을 활발하게 움직였다. 그러니까 기획자와 작가는 창신동 일대를 돌아다니며 이화벽화마을, 창신시장 골목, 낙산의 사계절과 사람들의 모습을 사진이나 영상으로 남기는 프로젝트를 한다는 것이었다. 여기 사진을 찍어 지구 반대편에 가 전시를 하겠다고도 했다. 그게 과연 의미 있는 일인지 잘 알 수 없었다. 왜 창신동이 그들에게는 작업 소재인 걸까.

집에 돌아와서는 침대에 누워 어두워질 때까지 정신없이 잤다.

그리고 일어나 라면을 끓여먹었다. 그날 이후 철진에게서는 아무런 연락도 없었다.

한밤중. 창신동 주민 한 사람이 롱 패딩을 입고 모자를 쓰고 새로 생긴 게스트하우스를 지나서 낙산 아래 버려진 건물 앞을 지나치는 중이었다. 당연히 이 주민은 바로 나였다. 주민은 창신동을 지키고 싶었다. 아니, 사실은 잠이 오지 않았다. 그냥 창신 지구 주말여행 팀 멤버로서 혼자 사전조사를 하는 것일 뿐이었다. 이끼가 끼어 있어 흉물스럽게 보이는 이 건물은 미장원 할머니들에게 듣기로, 건축이 중단되어 버려진 뒤 안 좋은 일이 많이 일어나는 곳이 되었다고 했다. 그러나 사실 창신동에는 뭔가를 짓다가 중단한 건물이 꽤 있어서 이곳이 꼭 그곳인지도 알 수 없었다. 테라스 형태의 긴 복도가 가로로 이어진 삼층짜리 건물, 어두운 빈 공간 안에서 인기척이 들렸다. 나는 몸을 낮추고 가운데가 텅 빈 건물 쪽으로 다가갔다. 남자들이 버려진 건물 안에 서서 둔중한 소리를 내며 뭔가를 잡아 뜯고 있는 것 같았다. 조금 더 안쪽으로 들어갔다. 그들은 기본 골조 공사를 끝내고 공사가 중단된 건물에 박힌 파이프를 빼내는 중이었다. 그들이 바깥으로 나오기까지 꽤 시간이 걸렸다. 그들은 빈 건물 안에서 녹슨 파이프를 옮겨와 건물 입구에 쌓아놓았다. 일을 하는 거라면 왜 저렇게 조용히 움직일까. 그들은 파이프를 훔쳐가는 중이었다. 무거운 파이프를 운반대에 옮기느라 힘을 줄 때마다 이상한 신음을 낼 뿐, 그들은 아무 말도 없이 좀비처럼 앞뒤로 몰려서서 파이프를 옮기고 있었다.

*

휴가의 마지막날, 원룸 책상 위에 할머니가 좋아하던 빈대떡과 문어, 창신동의 명물인 매운 족발을 놓았다. 내 기억에 할머니는 술은 잘 마시지 않았기 때문에 술 대신 오렌지주스를 놓았다. 할머니 유품 중에 내가 갖고 있는 것은 할머니가 쓰던 돋보기와 붉은 비단으로 만든 스콘 크기만한 오동통한 바늘꽂이뿐이었다. 날짜가 정확하지 않지만 할머니는 12월 중순에 돌아가셨다. 나는 할머니 제사를 챙길 수 있을 정도의 여유도 없이 살았다. 할머니가 돌아가셨을 때는 하늘이 무너지는 것 같았는데 또 이렇게 계속해서 살아가고 있었다. 블루투스 스피커를 켜고 내 휴대폰에 저장된 노래를 원룸에 흘러나오게 했다. 하필이면 막 나오는 노래가 아소토 유니온의 〈Think About' Chu〉. 할머니가 좋아하거나 말거나, 보컬인 김반장의 목소리와 할머니의 제사 분위기는 왠지 아주 잘 어울렸다. 내년에는 문어 말고 딴걸 사야겠다. 민어는 어떨까. 문어보다는 민어가 더 고급스러운 느낌이다. 여유가 된다면 더 귀한, 어떤 특별한 걸 사올 수도 있을 것이다. 하지만 결국은 다 내가 먹을 텐데! 원룸은 불을 꺼도 달빛까지는 막을 수 없었다. 흰색 커튼을 달아두길 잘했다고 생각했다. 가릴 수 없다면 함께 있는 수밖에.

어디선가 고양이 여럿이 단체로 울어대는 소리가 들려왔다. 파자마 차림으로 밖으로 나갔다. 골목을 내려가 새장 가게와 슈퍼마켓을 지나 벽화마을 계단 쪽을 올려다봤다. 소리는 그쪽에서 들려오는 듯했다. 나는 벽화 계단 앞으로 뛰어갔다. 누군가 벽에 그려진 해바라기꽃 그림을 지우고 있었다. 한 사람은 계단 위에서 한 사람은 아래에서, 커다란 공업용 붓으로 페인트칠을 하고 있었다. 하룻밤 사이에 해바라기꽃을 다 지워버릴 수 있을까. 그럼 앞으로 사진 찍으러 오는 사람들이 줄어들까. 나는 그 자리에 쭈그리고 앉아 턱을 괸 채 막 지워지고 있는 벽화 계단 그림을 바라보았다. 아래쪽에서 페인트칠을 하던 사람이 나를 돌아보고 조용히 하라며, 입술에 손가락을 가져다댔다.

스모그를 뚫고

돌아오는 금요일은 지영과 상혁의 결혼 일 주년 기념일이었다. 아침에 두 사람은 커피에 삶은 달걀 또는 삶은 고구마를 한 개씩 먹고 각자 회사로 출근했다. 대중교통을 이용해 출퇴근하는 상혁이 먼저 집에서 나왔고, 차를 이용하는 지영은 상혁보다는 조금 여유가 있어 집안의 전기 콘센트와 냉난방기, 공기청정기 등을 정리한 뒤 몇 분 늦게 나왔다.

지은 지 오래된 시민 아파트의 노면 주차장에 세워둔 승용차는 늘 새똥 천지였다. 지영은 물휴지를 꺼내 새똥이 묻은 앞유리를 박박 문지른 뒤 시동 버튼을 눌렀다. 아파트를 벗어나 도로로 나가자마자 바로 속력을 낼 참이었다. 신호가 바뀌고 좌회전해 버스 정류장 앞을 지날 때 지영은 오른쪽 도롯가에 서 있는 상혁을 봤다. 상혁은 교복을 입은 학생들과 같이 버스 정류장에 서서 휴대폰을 보고 있었다. 함께 식탁에 앉아 있을 때와 달리 조금 후줄근해 보이는 것도 같았지만 초콜릿 색깔 울 코트를 입은 사람은 분명 상혁이었다.

구청 근무가 끝난 저녁, 상혁은 집에 돌아오자마자 식탁 의자에 코트를 걸어놓은 채 냉장고를 열고 소주병을 꺼냈다. 지영은 회사 사람들과 반주를 곁들인 식사를 하고 커피숍에 들렀다가 열시쯤 집으로 돌아왔다.

"나 아침에 자기 봤잖아!"

지영이 화장솜에 리무버를 묻혀 눈화장을 지우며 말했다.

"그래?"

상혁은 들릴 듯 말 듯 짧게 대답했다. 지영은 한쪽 어깨 너머로 흘러내리는 샤워 가운을 잡아올리며 상혁의 옆으로 다가가 앉았다.

"우리 금요일에 어디 갈까? 난 매운 곱창 같은 거 먹고 싶은데, 결혼기념일에 곱창은 좀 그런가. 자기는 뭐 먹고 싶어? 우리 아직 신도시 타워 레스토랑에 못 가봤잖아. 이번엔 꼭 가보자. 응?"

그래도 상혁은 묵묵히 소주만 마셨다.

지영은 H만의 끝에 붙은 해양 신도시의 고층 아파트 한 채를 소유하는 게 꿈이었다. 전망 좋고, 아는 사람이 전혀 없는 신도시의 고급 아파트에 산다는 건 생각만 해도 만족스러운 일이었다. 상혁도 그렇게 살기를 원했다. 경축일마다 불꽃놀이도 볼 수 있고 랜드마크인 노블타워에는 유명 셰프들의 고급 레스토랑들도 입점해 있었다. 해양 신도시에서의 세련된 삶은 가까운 시일 내에 실현될 것처럼 보였다. 둘 다 직장이 있어 수입도 안정된 편이었고, 실현되지 못할 이유는 아무것도 없었다.

노블타워는 늘 한눈에 보이지 않았다. 지영은 창 쪽으로 고개를 돌리고 노블타워를 찾았다. 꼭대기 부분의 폭이 날카롭게 좁아지는 원추형의 노블타워가 오늘밤에는 거의 보이지 않았다. 요즘 들어 더욱 심해진 스모그 때문이었다. 지영은 베란다로 나가 블라인드를 내리고 실내 자전거에 걸어놓은 수건 몇 장을 거실로 던졌다. 운동은커녕 아령은 문 고정대로, 실내 자전거는 빨래걸이로, 걷기 운동기구인 스테퍼는 물건 받침대로 사용한 지 오래였다. 수건을 다 개킨 뒤 거울을 식탁 위에 올리고 얼굴 화장을 마저 지웠다. 두꺼운 눈화장을 지운 지영의 얼굴은 특유의 카리스마가 사라져 조금은 순하고 여려 보였다. 그때 러닝셔츠에 트레이닝 바지 차림인 상혁이 식탁에서 일어나 화장실로 들어갔다. 지영은 식탁 위에 놓인 상혁의 노트북 가방과 텀블러를 물끄러미 보았다. 평소와 다른 점은 별로 없어 보였다.

상혁이 나오고 화장실로 들어간 지영은 빨래함에 넣어둔 상혁의 속옷을 손가락으로 집어 올렸다. 트렁크 스타일보다는 몸에 붙는 드로어즈 스타일을 고집해 항문이 닿는 부위에 약간의 착색이 있곤 했는데 오늘은 깨끗했다. 지영은 샤워 가운을 벗고 생리식염

수를 사용해 콧속과 귓속을 꼼꼼하게 닦았다. 미세먼지 때문에 소독과 샤워를 하루도 거를 수 없었다. 제대로 씻지 않으면 머리카락과 손톱 밑, 심지어 피부 표피에까지 먼지가 쌓이는 기분이 들었다. 지영은 아침에 눈을 뜨면 늘 초미세먼지 농도부터 확인했다. 또 외국의 어느 공과대학에서 만들었다는 지진 경보기 앱을 휴대폰에 다운받아놓고 지진이 났는지 안 났는지 수시로 확인했다. 앱의 화면 맨 아래 평온하게 흘러가는 초록색 라인이 '너의 지역은 안전하다'는 신호였다. 지영은 샤워를 끝내고 눈에 인공 눈물을 넣은 뒤 지진 앱을 닫았다.

"우리 공무원, 오늘 많이 힘들었던 거야?"

지영은 상혁의 옆으로 다가가 앉으며 귓불에 입을 맞췄다. 아직 귓불에 남아 있는 피어싱 자국을 지영이 두 손가락으로 지그시 누르자 상혁은 귀찮다는 듯 얼굴을 돌렸다. 지영은 자세를 바로 하고 텔레비전을 보았다. 어느 순간 상혁이 지영의 어깨에 한쪽 손을 두르고 반쯤 젖은 머리칼을 만지작거리기 시작했다. 지영이 상혁 쪽으로 고개를 돌리며 생각난 듯 말했다.

"난 사실 닭발 같은 게 먹고 싶기도 해. 맵고 화끈한 음식 먹으면서 결혼기념일 보내는 것도 좋잖아."

상혁은 별다른 의사표시가 없었다. 지영은 상혁의 옆얼굴을 물끄러미 보다가 다시 텔레비전으로 시선을 돌렸다. 상혁의 소주잔이 점점 더 빠르게 비어가는 것 말고 아직은 모든 것이 괜찮았다.

"난 먼저 잘게. 자기도 빨리 들어와."

지영은 조용히 방으로 들어갔다.

지영과 상혁은 우연히 만났다. 상혁은 원래 유럽 주방용품을 취급하는 무역회사의 직원이었다. 그러다 일 년 정도 준비한 공무원 시험에 합격해 이제 이 년 차 공무원이었다. 지영은 지역의 지명도 있는 전자회사에서 일했고, 상혁과는 협찬 일로 몇 번 얼굴을 본 사이였다. 상혁은 늘 자신만을 위해 평생을 바쳤다고 주장하는 엄마가 돌아가시고 얼마 지나지 않아 지영과 결혼했다. 지영도 가족이 단출해서 복잡할 게 별로 없었다. 두 사람은 H만 신도시 옆의 구 주택단지 내에 낡은 아파트를 얻었다. 모든 결혼 비용은 지영이 냈고 상징적으로 커플링만 상혁이 했다. 두 사람 다 말수가 적고 성실한 성품이었다. 지영이 상혁에게 가진 유일한 불만은 담배를 피운다는 것이었고, 상혁이 지영에게 가진 유일한 불만은 가끔 과소비를 한다는 점이었다. 그런데 요즘 상혁은 왠지 자기 자신이 몹시 불만스러웠다. 많은 나이가 아님에도 불구하고 아주 오래전에 태어난, 낡은 사람이 된 것 같은 기분이 자주 들었다.

자다가 눈을 떴을 때 지영은 문틈 아래로 흐르는 거실의 주홍 불빛을 보았다. 그리고 시간이 좀더 지나 다시 눈을 떴을 때 침대에 걸터앉은 상혁을 보았다. 손을 뻗어 상혁의 엉덩이에 팔을 두르려고 하던 순간이었다. 왜 어떤 향기는 절대 사라지지 않고 오래 남을까. 익숙한 겐조 향수 냄새가 났다. 지영은 소스라치게 놀라 자기도 모르게 혀를 깨물었다. 왼쪽 어깨에 무게중심을 두고 몸을 일으키려 했지만 침대에 묶인 것처럼 팔다리를 전혀 움직일 수 없었다. 비명도 나오지 않았다. 침대 끝에 걸터앉은 사람은 상혁이 아닌 다른 사람이었다.

온몸이 으스러질 듯 아팠다. 지영은 머리끈으로 머리칼을 올려 묶고 거실로 나갔다. 겨우 숨을 내쉬며 잠옷 소매를 여미는데 식탁 위에 놓인 공진단이 보였다. 집에 하나씩 두면 응급상황에 쓸 수 있다며 지영의 엄마가 갖다놓은 것이었다. 지영은 포장지를 만지작거리며 벽시계가 째깍거리는 소리를 들었다. 출근시간까지 얼마 남지 않았다는 것만 거듭 생각했다. 그러다가 휴대폰을 꺼내 최근 통화 기록 중 부재중 전화가 있었나 확인했다. 혀끝이 저려 눈물이 나오려고 했다. 화장실에 들어가 비상약 통을 열고 알보칠을 찾았다. 면봉에 약을 묻혀 혀에 대는 순간 온몸을 비트는 저릿한 통증이 밀려왔다. 지영은 입을 크게 벌려 혀 깊숙한 안쪽과 뒷면까지 살펴보았다. 푸르고 어두운 혀의 뒷면은 생각처럼 잘 보이지 않았다. 그를 만난 건 지영의 삶에 있어 패착이었고 돌이킬 수 없는 실수였다.

*

상혁은 가방을 엑스자로 멘 뒤 구청을 나섰다. 업무용 차량을 운전해 검역중인 농장으로 가면서 샌드위치를 먹었다. 도로 왼편으로 서쪽 해안에 있는 신도시의 스카이라인이 눈에 들어왔다. 소로타바이러스가 퍼진 농장 지대와는 전혀 다른, 깔끔하고 세련된 외양의 해안 신도시는 왠지 비현실적인 느낌마저 들었다.

지방도로는 한산했다. 농장 진입로가 보이자 상혁은 왼쪽 방향등을 켠 채 잠깐 멈춰 있었다. 차량 한두 대가 지나가고 좌회전을 해 약간 움푹한 흙길로 접어들자 바퀴가 헛도는 느낌이 들었다. 업무용 차량을 사륜구동으로 구입하지 않은 건 구청의 실수라고 상혁은 오래전부터 생각했다. 좁은 비포장도로 오른편에 소년원 건물로 쓰이다 버려진 흰색 폐건물이 낮게 짜부라져 보였다. 그곳은 보는 것만으로도 불쾌했다.

농장 입구에 도착하자 기분 나쁜 파란색 다마스 밴이 보였다. 차에서 내려 다가가보니 김사장이 운전석에 앉아 휴대폰으로 걸그룹 동영상을 보고 있었다.

"왔네. 난 아까 왔는데. 애들 내리라고 할게."

김사장은 여전히 반말이었다. 물개처럼 엉켜 뒷좌석에 널브러져 있던 용역들이 하나둘 밴에서 나와 아래위가 붙은 작업복으로 갈아입었다. 그들은 모두 김사장의 패밀리였다. 상혁은 운전석에서 내린 김사장에게 업무일지를 내밀며 말했다.

"바이러스가 지나갔다고는 해도 아직 상황을 모르니까 더 꼼꼼하게 확인해주세요."

그들은 자동차 뒤쪽 트렁크에서 긴 장화를 꺼내 신고 얼굴의 반을 가리는 직물 마스크를 돌려 감았다. 상혁은 신발을 망칠까봐 하체에 힘을 빼고 엉거주춤하게 서서 용역들이 농장으로 갈 준비를 끝낼 때까지 기다렸다. H시 농림축산검역본부의 협조 요청으로 한 달 전부터는 관내 공무원들까지 방역 업무를 맡게 되었다. 바이러스가 나날이 퍼져 검역본부 인력만으로는 가축 방역 관리에 한계가 있다는 것이었다. 옷과 구두가 쉽게 더러워지는 이 일이 상혁은 미치게 싫었다. 그래서 책상 밑 어두운 구석에 다이소에서 구입한 먼지떨이용 솔과 구두약을 담은 작은 상자를 숨겨두었다. 더러운 구두를 신으면 더러운 사람이 되는 것 같아 그는 늘 구두 상태에 집착했다.

우연히 읽은 인터넷 기사가 상혁을 자극했다. 어느 지역의 방역 공무원이 용역을 고용해 일을 대신 시키고 임금을 갈취했다는 내용이었다. 그 기사를 볼 때만 해도 상혁은 자신이 그처럼 용역을 고용하게 되리라고는 생각하지 않았다. 하지만 다음날 아침에는 임금을 제대로 지급하기만 한다면 문제될 게 없다는 쪽으로 마음이 기울어 있었다. 상혁은 계속해서 관련된 기사들을 읽어보다 이내 전화 한 통만으로 김사장과 그의 패밀리를 만나게 됐다. 명백한 불법이었다.

"그럼, 저는 차에서 기다리겠습니다."

상혁이 농장으로 출발하는 다마스 밴에 대고 말했다. 차로 돌아와 백미러에 비친 입술을 동그랗게 벌렸다 닫아보며 약간은 고소하다는 듯 웃었다. 바로 눈앞에 보이는 좁은 산비탈 너머는 지옥이나 다름없었다. 그런 곳에 가려고 공무원이 된 것은 아니었다. 그곳에 가지 않아도 된다는 것만으로도 상혁은 충분히 웃을 수 있었다. 그리고 이 모든 일은 이번주면 다 끝나게 되어 있었다.

*

지영은 끊임없이 이어지는 파헬벨의 〈카논〉을 들으며 노블타워 레스토랑에 전화가 연결되길 기다렸다.

"예약을 해놓고 오지 않으시면 추후 페널티가 적용됩니다."

직원의 말투는 자동응답기처럼 모든 음절의 간격이 똑같았다. 지영은 무슨 옷을 입고 가야 하나 생각하며 예약을 마쳤다. 곧 사무실 내선 전화가 연결됐다.

"네, 사회공헌팀장 한지영입니다."

"지영이니? 나야 선주."

"어 선주, 오랜만이야."

"잠깐만 기다려봐, 누구 좀 바꿔줄게."

누구인지 묻고 말고 할 틈도 없이 바로 전화가 넘어갔다.

"오랜만이네."

지영은 자기도 모르게 수화기를 내려놓아버리고 잠깐 동안 정신을 차리지 못했다. 분명 박부장이었다. 어젯밤의 악몽이 현실이 된 것이다. 데스크에 당분간 외부 전화를 연결하지 말아달라고 하고 곧바로 화장실로 달려갔다. 손이 부들부들 떨려 겨우 변기 뚜껑을 올렸다. 순식간에 눈물이 쏟아져 내리고 온몸이 터질 듯 아파왔다. 몇 년 만인지 기억조차 나지 않았다. 그는 지영을 땅속에 파묻겠다고 말했던 사람이었다.

"날 배신하면 묻어버린다."

입버릇처럼 하던 말이 지영의 귀에 또 들려왔다. 지영은 얼굴을 감싼 채 변기 위에 가만히 앉아 있었다. 한참 후에야 정신을 차리고 거울을 봤다. 마스카라가 번져 눈가는 시커멓고 얼굴은 흐트러져 보였다. 지영은 휴지에 물을 묻혀 얼굴을 닦은 뒤 고개를 푹 숙인 채 복도를 걸어 겨우 사무실로 돌아갔다.

시내로 나가 용역들이 점심으로 먹을 초밥을 사 들고 오던 상혁은 지영의 전화를 받았다.

"오늘도 현장이야? 자기 내일 우리 타워에 가기로 한 거 기억하지? 벌써 결혼 일 주년이라니, 안 믿어진다."

힘이 없는 목소리였다. 상혁은 전화기를 고쳐 들고 물었다.

"지영씨, 어디 아파?"

그때 농장 쪽에서 용역 한 명이 초밥이 든 비닐봉지를 받기 위해 상혁에게 다가왔다. 근육질인 팔 전체가 초록색 용 문신으로 덮인 사람이었다. 상혁은 서둘러 통화를 마무리하고 용역에게 물었다.

"농장 안은 어때요?"

용역은 귀찮다는 듯 말했다.

"어떻기는요. 죽을 맛이죠. 와서 보든가."

그가 문신을 새긴 팔을 움직이기만 해도 역겨운 냄새가 났다. 용역은 비닐봉지를 양손에 들고 언덕을 넘어갔다. 소들이 설사를 하고 죽어나가는 곳에서 초밥을 먹다니! 상혁은 한숨을 내쉬었다. 상혁이 바라는 건 이번주가 빨리 지나가 저런 허접한 용역들을 다시는 만나지 않는 것이었다.

오늘밤엔 상혁의 자리에 지영이 앉아 소주를 마셨다. 정말이지 드물게 맑은 밤하늘이었는데, 지영은 그 풍경조차 즐길 수가 없었다. 창문을 열고, 천장을 부수고, 화장실 변기를 타고 박부장이 들이닥칠 것만 같았다. 땅속에 묻겠다는 말이 현실이 될 것 같아 공포에 휩싸였다. 지영은 대학을 졸업하고 들어간 첫 직장에서 박부장을 만났다. 그는 지영을 특별한 사람이라고 칭찬했고 늘 배려해주었다. 처음엔 친절한 상사였던 그와 나중엔 연인이 됐고, 결국엔 악연이 됐다. 인상 좋고 마음씨 좋던 그는 시간이 지나면서 성마르고 괴팍한 성격으로 변했고 외모도 점점 수척해졌다. 지영은 그에게 지배당했던 그때의 자신을 도저히 이해할 수 없었다. 그리고 그 끔찍했던 목소리가 왜 다시 들려오는 것인지도 이해할 수 없었다. 밤 아홉시가 되어도 상혁은 돌아오지 않았다.

*

상혁은 아침 회의에서 농장 상황을 묻는 상사의 질문에 허둥대며 대답을 잘하지 못했다. 일이 벌어지고 있는 현장에는 가지도 않았기 때문에 진행 상황 따위는 전혀 몰랐다.

"주말이 고비라니까 최주임이 고생 좀 해. 바이러스가 더 퍼지면 끝장이야."

바이러스는 상승하는 더운 기운을 타고 H시에 확실하게 안착했다. 아침부터 공기가 타들어가는 것처럼 뜨겁고 삭막했다. 상혁은 어젯밤 자정이 넘어 퇴근했는데 오늘도 이른아침부터 다시 현장 근무였다.

"오늘은 아침부터 덥네. 약속한 대로 초과근무수당 줘야 해. 그리고 점심은 초밥 말고 불고기덮밥으로 부탁할게. 매일 같은 걸 먹기는 싫더라구."

상혁은 김사장의 메뉴 타령에 짜증이 났다. 하지만 일을 그르쳐 용역을 쓴 게 발각되고 아직 이 년 차에 불과한 경력에 얼룩이나 흠집을 남기고 싶지는 않았다.

지영은 퇴근 후 오가닉 푸드 마켓에 들렀다. 냉기가 가득한 상품 진열대를 한 바퀴 돌아 샐러드 팩과 오렌지, 와인과 치즈, 김치를 카트에 담고 휴대폰에 저장해놓은 메모를 보며 빠진 것이 없는지 확인했다. 계산대에서 순서를 기다리는 사이 모르는 번호로 전화가 걸려왔지만 받지 않았다. 지영은 계산을 마친 후 생수병이 가득 쌓인 복도를 지나 짐 운반용 엘리베이터를 탔다. 지하 이층 주차장까지 단번에 내려갈 수 있는 엘리베이터였다. 지영은 자동차 트렁크를 열고 세탁소에 맡길 세탁물과 운동화와 청소도구 들을 뒤로 밀쳐 장바구니를 올린 뒤 문을 닫았다.

"전화를 안 받네."

몸을 돌리는 순간 지영은 두 무릎이 꺾여버려, 차체를 한 손으로 짚은 채 상대를 건너다봤다. 지영의 앞에 박부장이 서 있었다. 그러나 이태리제 중저가 양복 안에 보기보다 다부진 근육을 숨기고 있던 박부장은 더이상 없었다. 그는 노인처럼 뺨이 파이고 전체적으로 탁하고 어두운 인상으로 변해 있었다.

"몸이 약간 불었네."

박부장이 지영의 몸을 빠르게 스캔했다. 지영은 이제 더는 피하지 않겠다고 다짐하며 아랫배에 힘을 모았다.

"나에 대해 또 뭘 알아냈는지 말해봐요."

박부장은 대답 대신 가볍게 웃었다. 마치 어제 만난 사람을 대하는 것처럼 자연스럽고 유연했다.

이 모든 일이 어두운 조명 탓이라는 듯 지영은 어둡고 고요한 주차장 이곳저곳을 쳐다봤다. 주차장은 이상하게도 보통 때보다 한산했다. 지영은 불빛이 있는 주차 정산소 쪽으로 걷기 시작했다. 박부장은 겐조 향수 냄새를 풍기며 지영의 뒤를 재빠르게 따라왔다.

"너하고 가보고 싶은 데가 있어서 왔어."

지영은 멈춰 섰다.

"내가 왜요."

지영이 말하는 순간 그가 뒤에서 단숨에 팔을 잡았다. 모든 일은 순식간에 일어났다. 박부장은 지영의 목을 한 손으로 감아 어깨에 들쳐업은 뒤 몇 걸음 돌아가 이미 열려 있던 자신의 차 트렁크 안에 밀어넣어버렸다. 그리고 등뒤로 팔을 묶었다. 지영은 아무런 저항도 할 수 없었다. 역겹고 진한 박부장의 겐조 향수 냄새를 맡은 순간 저항을 포기해버렸다. 도망쳤지만 아무것도 달라진 것이 없다는 사실을 순순히 받아들였다.

"그래, 죽여라. 결혼기념일에 죽겠군! 난 어차피 죽을 목숨인 모양이다."

지영은 이를 악물며 웃었다. 무슨 일이 일어날지 조금도 예측할 수 없는 상황이었지만 트렁크 바닥의 딱딱함과 겐조 향수 냄새가 익숙했다. 이전에도 누워본 적 있는 트렁크에 다시 누워 있는 것이 왠지 마음 편했다. 뒷머리가 띵한 가운데 자동차에서 오디오북 소리가 들려왔다. "희망의 봄이었고, 절망의 겨울이었다. 우리 앞에 모든 것이 있었고, 우리 앞에 아무것도 없었다"라는 디킨스의 소설 『두 도시 이야기』의 구절이 반갑기까지 했다.

*

상혁은 용역들에게 둘러싸인 채 다마스를 뒤로 두고 서 있었다. 대기는 갑자기 스모그에 휩싸여 저쪽에 세워둔 상혁의 자동차 윤곽마저 잘 보이지 않을 만큼 흐릿했다.

"돈을 다 드렸는데, 약속한 금액 다 지불했는데 이제 와서 뭔 소리예요."

상혁은 김사장을 보며 목소리를 높였다. 김사장이 손짓을 하자 용역 중 한 명이 차로 빠르게 걸어갔다. 상혁은 불안에 떨면서도 한마디 더 덧붙였다.

"이런 식으로 하시면 다음번에는 같이 일 못합니다."

돌아온 용역의 손에는 손잡이가 짧고 끝이 날카로운 과도가 들려 있었다.

"이 새끼가, 우리가 너 대신 병든 소 약 쳐주고, 뒤진 것들 다 옮기고 했는데 그게 쉬운 줄 알아? 내가 구청에 전화 한 통 하면 넌 끝장이야. 야, 차문 열어, 이 새끼 죽여버리게. 아니, 저기 현장으로 데리고 가서 뒤진 송아지 새끼들 위로 던져버릴까. 야, 어떻게 생각하냐 니들?"

용역들이 움직일 때마다 질척거리는 장화 소리가 요란했고 더러운 냄새가 코를 찔렀다. 주변은 불투명한 채 한층 더 어두워지고 있었다. 그때 땅이 요동치듯 상혁과 용역들의 휴대폰이 동시에 울렸다. 스모그 경보를 알리는 재난문자였다.

"저기 소년원 자리 보여? 저기 가서 뒤질래, 돈 더 낼래? 지갑에 있는 거 다 꺼내. 카드 비번 적고."

김사장이 상혁을 위협하는 동안 다른 용역들은 태연하게 옷을 갈아입은 뒤 작업복을 커다란 비닐에 담았다. 그들은 이런 상황이 모두 일의 연장인 듯 전혀 동요하지 않았다. 상혁은 고개를 돌려 소년원 쪽을 보았다. 건물의 상세한 구조라도 찾아보지 않은 걸 후회하고 있었다.

"왜, 저기 가고 싶냐? 내가 저기 출신이야. 돈 내기 싫으면 저기 묶어둘 테니까 그렇게 알아. 니놈이 하기 싫은 일 우리가 해주는 거 감사하지 않냐? 니들 같은 공무원들이 뭘 알겠니."

상혁은 순간 화가 치밀어올랐다.

"김사장님, 저한테 이렇게 하시면 정말 곤란합니다. 제가……"

말이 다 끝나기도 전에 상혁은 용역들에게 어깨를 잡혔다. 김사장이 상혁의 배 위에 올라앉았다.

"야, 내 가방 가져와. 빨리!"

상혁은 울고 싶었다. 김사장은 상혁의 입을 벌리고 튜브에 든 치약 같은 걸 짜 넣었다. 상혁은 다리를 버둥거리며 저항하는 그 순간에도 뒤축이 까지고 망가질 구두 걱정을 했다. 입속에 들어온 끈적한 것은 역겨운 핑크색의 틀니 고정용 접착제 픽소덴트였다.

"너 사람 무시하면 땅속에 묻어버린다. 입 벌려, 벌리라구!"

시간이 얼마나 지났을까. 상혁은 입속에 든 것을 뱉어내느라 무릎을 꿇고 있었다. 다마스 밴이 스모그에 휩싸인 잿빛 숲을 벗어나 도로 쪽으로 사라졌다. 아무리 뱉어내도 끈적한 것들은 입속을 맴돌 뿐 쉽게 뱉어내지지 않았다. 신발은 진흙 천지였고 온몸이 땀에 젖어 후줄근했다. 일곱시까지 레스토랑에 도착하려면 당장 출발해야 했다. 상혁은 시동을 걸었다. 자동차 바퀴가 파인 바닥에 박히지 않기만 바랐다. 상혁은 언제 마시다 두었는지 알 수 없는 물병을 열었다. 물을 입속에 머금은 채 진득한 것들을 떼어내려고 열심히 혀를 놀렸다. 레스토랑에 가 구두를 닦고 지영에게 선물을 주고 스테이크를 먹은 뒤 집으로 돌아가면 하루가 끝날 것이었다. 행복한 사람들은 결혼기념일을 대부분 그렇게 보낸다. 자동차 뒷자리에 놓아둔 꽃과 선물은 무사했고 아직까지 아무것도 잘못된 것은 없었다.

출발한 지 한참 지났지만 여전히 상혁은 지방도로 위였고, 시속 이십 킬로 정도의 속도도 낼 수 없을 만큼 시야가 어두웠다. 재난문자는 계속해서 울려댔다. 스모그 지수는 사상 최대치였다. 상혁은 대로변에 차를 세웠다. 걸어가는 게 차라리 빠를 것 같았다. 상혁은 몸을 뭉개버릴 듯 휘감아오는 스모그 너머로 반짝이는 주홍색 자동차 불빛을 보았다. 자동차들은 대로에 그대로 서 있었다. 시간이 지나면서 사람들은 모두 차를 버리고 걷기 시작했고, 앞이 보이지 않아 우왕좌왕하다 서로 몸을 부딪쳤다. 휴대폰의 손전등 기능만이 믿을 수 있는 유일한 것이었다. 상혁은 신도시로 가는 구름다리의 위치를 가늠해보았다. 그 다리만 지나면 바로 신도시 선착장 입구였다. 하지만 어느 방향으로 가야 하는지 알 수 없었다.

*

자동차가 주차장으로 들어섰다. 지영은 이곳이 어딘지 냄새로 알 수 있었다. H시의 유일한 시네마테크였다. 박부장이 트렁크를 열고 다가와 등뒤로 묶은 팔을 풀었다. 왼쪽 뺨이 뭉개진 듯 아팠다. 지영은 최대한 이성적으로 행동하려고 노력했다.

"더이상 이상한 짓을 하면 소리를 지르겠어요. 하자는 대로 할 테니 가까이 오지 말아요."

시네마테크 옥상의 주차장에는 사람이라고는 없었다. 지영은 옷에 묻은 먼지를 털고 사방을 둘러봤다. 건너편 건물 옥상의 풋살장도 스모그 때문인지 오늘은 비어 있었다.

"내려가자."

박부장은 데이트라도 나온 사람처럼 지영의 곁에 와 섰다. 엘리베이터로 가기까지 지영은 수많은 생각을 했다. 그냥 살려달라고 소리를 지를까.

"아파트들 좋구나!"

박부장이 주변을 둘러싼 삼십층 이상의 고층 아파트들을 보며 말했다.

"허튼짓할 생각 마. 여기서 나랑 영화 한 편만 보고 가. 그럼 다 끝나!"

냉동고 같은 스테인리스 재질의 엘리베이터에 타는 순간 지영은 상혁을 다시 못 볼 수도 있다고 생각했다. 하지만 극장으로 들어가면 누구에게든 도움을 청할 수 있을 것이었다. 시네마테크의 입구는 무슨 창고처럼 박스 더미와 집기들이 가득 쌓여 있어 극장 같아 보이지 않았다.

"오늘이 여기 마지막 상영이래."

박부장이 무인 발급기에서 표를 받아오며 말했다. 지영이 태연하게 대답했다.

"배고프지 않아요? 내가 팝콘 같은 걸 좀 사올게요."

그러고는 멀쩡한 척 매점 쪽으로 걸어갔다. 다리와 어깨가 제대로 움직이지 않았다. 그제야 지영은 스타킹에 온통 스크래치가 난 걸 확인했다. 매점 옆에 붙어 있는 여자 화장실로 들어갔을 때 청소부가 보였다. 지영은 다짜고짜 말했다.

"저 휴대폰 한 번만 빌려주실래요? 지금 좀 급해요."

청소부는 집게로 휴지를 집어 비닐에 막 넣던 중이었다. 그녀는 지영을 아래위로 한번 쳐다보고는 눈을 내리깔고 말했다.

"저도 배터리가 없네요."

지영은 화장실 칸으로 들어갔다. 변기에 앉아 소변을 보고 있을 때 여자의 목소리가 들렸다.

"경찰 불러드릴까요?"

화장실 문에 붙은 거울로 자신의 얼굴을 본 순간 지영은 아랫입술을 물었다. 마스카라가 흘러내려 얼굴이 검은 새 같았다.

*

상혁은 다리 난간에 몸을 기대고 주저앉았다. 몹시 배가 고팠다. 길 건너편 선착장에 서 있는 배 표면에서 불빛이 뿜어져 나오는 것처럼 보였다. 그마저도 스모그 빛깔이었다. 저 너머의 높다란 타워도 중간이 잘린 것처럼 보였다. 먼지 천지인 바깥에 더는 머물고 싶지 않았다. 안에 들어가 따뜻한 김이 나는 음식을 먹고 와인을 마시고 싶었다. 갑자기 한 무리의 사람들이 왁자지껄하게 떠들며 다리 위를 지나갔다. 숨을 크게 내쉬고 눈앞을 똑바로 보려 했다. 그때 안내방송이 흘러나왔다.

"스모그로 인해 오늘 유람선 운항은 중단합니다. 승객 여러분은 착오 없으시길 바랍니다. 모두들 편안한 귀갓길 되시길 바랍니다."

상혁의 손에는 지영에게 줄 선물이 든 종이가방과 꽃이 들려 있었다. 상혁은 입안에 손을 넣어 끈적한 접착제가 남아 있는지 확인했다. 이상하게도 입안이 따뜻했다. 휴대폰을 꺼내들고 지영에게 전화를 걸었다. 회의중이거나 목욕중일 때처럼 지영의 전화는 자동응답으로 넘어갔다. 상혁은 휴대폰을 계속 만지작거렸다. 앞이 보이지 않는다고, 지영에게 말하고 싶었다.

*

자동차가 갑자기 다리 위에 멈추더니 힘없이 트렁크 문이 열렸다. 몇 초간 시간이 흘렀다. 지영은 옆으로 누운 채 스모그에 휩싸인 암울한 도시를 보고 있었다. 겨우 몸을 움직여 트렁크에서 기어나와 박부장을 돌아보았다. 박부장은 그때까지도 운전석에 앉아 뒤를 돌아보지 않았다. 여전히 『두 도시 이야기』 오디오북 소리가 들려왔다. 영화가 끝나고 옥상의 주차장으로 올라갔을 때, 지영은 박부장에게 트렁크 안으로 들어가겠다고 말했었다. 박부장의 차가 떠나고 지영은 비로소 안도했다. 이제 다 끝난 기분이었다.

노블타워 꼭대기가 아주 조금만, 허공에 뜬 채 시야에 들어왔다. 지영은 허리를 펴고 타워를 바라보았다. 이 도시에서는 어디에서나 저 타워가 보였다. 지영은 가방 속에 손을 넣어 립스틱을 꺼내 발랐다. 그때 전화가 걸려왔다.

"한지영 고객님, 오늘 예정대로 오시나요? 지금 스모그 때문에 예약 캔슬하시는 분이 많아서요. 확인차 전화드립니다."

지영은 사방에서 거세지는 자동차 클랙슨 소리를 들었다.

"그럼요, 저 지금 가고 있어요. 앞이 잘 보이지 않지만 가고 있어요. 거의 다 온 거 같아요. 그런데 배는 운항하겠죠?"

순간 전화가 잠깐 끊어졌다가 다시 이어졌다.

"그럼요 고객님, 곧 뵙겠습니다."

지영은 다리를 건너 선착장으로 갈 생각이었다. 다리 위는 온통 스모그투성이였지만 지영은 스모그를 뚫고 상혁이 있는 곳으로 갈 수 있다고 믿었다. 상혁이 늦을 리는 없었다. 스모그만 걷힌다면, 오늘밤만 무사히 지난다면 아무 문제 없다고 중얼거리며 지영은 바로 눈앞도 보이지 않는 다리 위에 가만히 서 있었다. 그때 커다란 개 한 마리가 이 모든 것이 다 보인다는 듯, 지영의 몸을 툭 치고 다리 위를 가로질렀다. 순간 개의 혀가 지영의 손을 핥고 지나갔다. 지영은 그 자리에 주저앉았고 그녀의 모습은 스모그에 지워져버렸다.

* 소설에 인용한 『두 도시 이야기』의 구절은 찰스 디킨스, 『두 도시 이야기』, 성은애 옮김, 창비, 2014, 15쪽에서 가져왔다.

더러운 물탱크

시청 일대가 시멘트 빛깔로 탁해지고 있었다. 대한성공회 서울 주교좌성당의 지붕도 덕수궁 돌담 아래를 걷는 사람들의 두 다리도 잿빛 먼지에 갇혔다. 미스 수는 직장이 있는 건물 십구층 동쪽 귀퉁이의 화장실에서 변기 플러싱 레버를 눌렀다. 미세먼지 농도가 심한 것 같아 창에 눈을 바싹 대고 밖을 내다봤다. 그때 재킷 주머니에 넣어둔 전화기가 울렸다. 손으로 입을 가린 채 전화를 받았다. 고등학교 동창 진애의 전화였다. 주말에 시간이 되면 함께 점심을 먹자고 했다. 통화를 마치고 벽에 붙은 손 세정제 용기 버튼을 힘차게 눌렀다. 흰 거품이 손바닥에 가득찼다. 구석구석 손을 비벼 씻고 티슈를 뽑아 닦은 뒤 쓰레기통에 넣었다. 거울 앞에 서서 양손 중지 끝으로 눈자위를 눌렀다.

"미스 수, 내일 점심 같이할 수 있어요?"

자기 방에 있던 대표가 내선 전화가 아니라 굳이 미스 수의 책상이 있는 사무실로 직접 나와 말했다. 미스 수는 긴장한 탓인지 자리에서 일어나며 재킷 앞자락을 잡아당겨 내리고 두 손을 모았다.

"그럼요 대표님. 어디로 예약할까요? 지난번에 갔던 마포의 그 스시 바 어떠세요?"

대표는 어제도, 그제도 둘렀던 깅엄 무늬의 목도리를 오늘도 셔츠 위에 두르고 있었다. 요즘 들어 뭔가에 몰두하는 것 같은 분위기였는데 그게 뭔지 미스 수는 알 수 없었다.

"거긴 좀. 내가 내일 오전에 메시지로 장소 알려줄게요. 열두시 반경 어때요?"

미스 수는 가볍게 묵례를 했다. 대표가 방으로 들어가고 난 뒤까지도 잠시 서 있다가 자리에 앉았다. 퇴근시간 십 분 전이었다. 휴대폰 다이어리에 약속 시간을 입력했다. 왜 점심을 같이하자는 건지는 알 수 없지만 어디선가 몰려오는 나쁜 공기는 충분히 느껴졌다. 미스 수는 퇴근하기 위해 고속 엘리베이터를 타고 일층으로 내려갔다. 건물 출입문을 밀다가 급히 빌딩 안으로 들어오려던 남자와 몸을 부딪치면서 발걸음이 꼬였다. 잘못하면 머리를 부딪칠 뻔했다. 미스 수는 사과했지만 남자는 그냥 가버렸다. 순간 미스 수의 복잡한 기분은 빌딩 바닥에 흩어져 나뒹굴었다.

일주일에 두 번, 미스 수는 퇴근한 뒤 청계천변을 걸어 광교에 있는 어학원에 갔다. 고등학교를 졸업하고 책상 여섯 개가 다닥다닥 붙은 개인회사에 들어가 처음 받은 월급이 팔만원이었다. 1980년대 구로공단에 위장취업했던 한 여성 정치인이 열세 시간을 일하고 팔만원을 받았다고 했는데, 미스 수는 여공은 아니었지만 몇 년 뒤임에도 같은 금액의 월급을 받았다. 미스 수는 첫 월급을 받자마자 종로로 달려갔고 거기 있던 파고다외국어학원 독일어 기초반에 들어갔다. 그때만 해도 곧 독일에 갈 수 있을 거라고 믿었지만 그 꿈은 흐지부지되고 말았다. 그때 미스 수가 다니던 회사는 옷을 만들어 해외에 수출하는 큰 무역회사의 하청업체였다. 삼십대 후반이었던 사장은 수옥이라는 본명보다는 'SUE'라고 알파벳으로 써서 미스 수라고 부르는 게 간편하고 세련될 것 같다고 했다. 그후로 삼십 년 동안 수옥은 직장에서 만난 사람들에게 '미스 수'라고 불렸다. 그동안 대통령이 일곱 번 바뀌었고 땅속에 묻혀 있던 개천이 복개되었다. 변하지 않은 건 미스 수의 독일어 실력이 아직도 초급반에 머물러 있다는 것뿐이었다. 미스 수는 그사이 여러 차례 독일어 학원에 등록했지만 초급반을 벗어나지도, 독일로 가지도 못했다.

*

다음날은 평소 잘 입지 않던 핑크빛 톱에 감색 줄무늬 재킷을 입었다. 백육십오 센티미터 정도의 키는 사회생활하는 데 결코 마이너스가 아니었지만 오늘은 키가 약간 작았으면 어땠을까 하는 기분이 들기도 했다. 칠 센티미터 힐은 키를 껑충하게 만들었다. 대표가 보낸 메시지에 찍힌 약속 장소는 덕수궁 인근에 있는 레스토랑이었다. 걸어가기에는 멀고 택시를 타고 가기에는 가까운 거리였다. 열한시 오십오분이 되자 다들 총알처럼 점심을 먹으러 나갔다. 미스 수도 열두시에 사무실에서 나왔다. 바로 길 건너편인 정동길을 걸어보는 것도 오랜만이었다. 레스토랑에 도착한 시간은 열두시 이십분, 약속 시간보다 십 분 먼저 도착해 오 분 정도 반대편 골목에서 서성거렸다. 왠지 먼저 가서 기다리고 싶지는 않았다. 대표는 오늘도 깅엄 무늬 목도리를 그대로 하고 있었다. 내일 백화점에 가면 괜찮은 목도리를 하나 골라봐야지, 연말인데 선물을 하나 하는 것도 좋을 거야. 미스 수가 훈훈한 상상을 하는 사이 대표가 음식을 주문했다.

"특별히 가리는 음식 없죠? 낮이지만 와인도 한잔하죠."

"좋아요 대표님."

미스 수보다 두 살 위인 대표는 그녀에게 늘 깍듯했다. 십 년 가까이 일하는 동안 별다른 문제 한 번 없었다. 대표는 뭔가를 계속 얘기했지만 미스 수는 어느 순간 눈앞이 멍해지며 대표가 무슨 말을 하는지 맥락을 놓치고 있었다. 한두 모금 마신 와인이 뇌의 중요 부위에라도 가닿은 듯 모든 기능이 말을 잘 듣지 않았다. 사실은 못 알아들은 게 아니었다. 모든 말이 머리가 아니라 몸을 뚫고 들어오는 것처럼 너무나 잘 들려와서, 포크를 떨어뜨리지 않은 것만도 천만다행이었다.

“제가 나이가 너무 많죠? 나이 때문에 그러시는 거죠?”

왜 그런 말이 나왔는지 모르겠지만 그 말을 한 이후로는 내내 손과 다리가 떨렸다.

“나이야 다들 많죠. 나이 때문은 아니에요.”

“그래도요! 제가 사무실에서 나이가 제일 많으니까요. 아무래도 그렇겠죠 대표님?”

미스 수는 늘 자신이 사십대라고 우겼다. 그러나 미스 수의 올해 나이는 만으로도 오십 세였다. 그녀는 생일이었던 지난 8월 24일, 사촌 형제들로부터 종아리 안마기와 함께 ‘50’이라는 은박 숫자가 박힌 카드를 선물로 받았다.

“음식이 식는데, 먹으면서 얘기하죠.”

대표가 한 손을 내밀어 식사를 권했다.

레스토랑 창밖으로 드넓은 공터가 보였다. 도심 안에 저렇게 넓은 공터가 있었다니, 새삼 놀라웠다.

“육 개월간의 임금은 미리 지불해드릴 겁니다. 그동안 고생 많이 하셨는데 이제 자기 길 가셔야죠. 뭘 좋아하셨죠 원래?”

미스 수는 당황했다. 종업원이 다가와 잔에 물을 채웠다. 물을 따르는 동안 다른 손으로 팔꿈치를 받치고 숨소리조차 내지 않았다. 미스 수는 뭔가 말하려고 하다가 목소리가 나오지 않아 가만히 있었다. 머릿속으로 여러 가지 생각들이 지나갔지만 제일 걱정이 되는 것은 의료 실비를 포함한 각종 보험료였다. 미스 수는 꽤 많은 보험료를 내면서 살고 있었다. 문제가 생겼을 때 누군가에게 부탁을 하는 건 죽기보다 싫고, 믿을 건 보험밖에 없다는 게 평소 생각이었다. 그녀는 보험료를 내지 못하면 미래는 사라지고 구질구질하게 된다고 믿었다.

오후 내내 미스 수는 푹 꺼져 있었다. 사무처에서 일하는 직원이 바로 메시지를 보내왔다. 대표로부터 사직에 관한 안내를 받았고, 이달 말을 끝으로 사무적인 절차를 진행한다는 내용이었다. 보너스로 위내시경과 장내시경을 포함한 향후 일 회분의 건강검진료는 회사가 지불할 거라는 이야기도 포함되어 있었다. 메시지를 본 미스 수는 곧바로 컴퓨터에 중년 여성 취업이란 검색어를 입력했다. 온통 청년실업에 관한 안 좋은 기사들뿐이어서 다른 검색어를 입력해볼 수조차 없었다.

퇴근 후 미스 수는 직장인을 위한 평일 저녁 예배에 참석했다. 꼭 한번 가봐야지 해놓고 실제로 참석한 건 처음이었다. 신자는 아니었지만 종교를 가까이하는 게 정신건강에 도움이 될 수도 있을 것 같았다. 예배가 진행되는 동안에도 미스 수는 대표에게 재고해달라는 문자메시지를 보내볼까, 연로하기는 했지만 이 회사를 소개해주었던 최박사에게 연락을 해볼까 마음이 계속 흔들렸다. 그러거나 말거나 예배는 장중하게 진행되었다.

*

약속 장소는 신촌 현대백화점 십층에 있는 식당가였다. 진애가 한 할아버지와 함께 걸어오고 있어서 미스 수는 순간 사람을 잘못 본 줄 알았다.

"미안해, 미안하다. 내가 또 늦었지?"

진애의 얼굴에 전보다 약간 살이 올라서인지 전반적으로 생활이 나아진 것처럼 보였다. 순간 미스 수는 고등학교 동창인 진애에 대해 아는 것이 별로 없다는 사실을 깨달았다. 미스 수는 노인을 향해 가볍게 묵례를 했다.

"소개는 이따 하고 밥부터 먹자. 우리 선생님 배고프셔."

돌솥비빔밥 세 개를 시켰다. 미스 수는 앞에 나란히 앉은 진애와 노인의 얼굴을 번갈아 쳐다보았다. 진애가 문자메시지를 빨리 읽기만 바랄 뿐이었다.

'너 미쳤냐. 누구야 이 노인네.'

'닥치고, 이상한 말 하지 마.'

노인의 머리는 검은색으로 염색한 지 며칠 안 된 것처럼 보였다. 검버섯도 별로 없고 입은 옷도 깨끗했다. 관찰하듯 매의 눈으로 사람을 뜯어본 것 같아 시선을 거두고 밥을 먹었다. 노인은 미스 수가 존경하는 최박사처럼 음식을 흘리거나 갑자기 심한 재채기를 해 주변을 어지럽게 만들지 않았다. 일어날 때 부축해줄 일도 없고 청력도 좋은 것 같았다.

"미스 수는 직장생활을 오래하셨다고 들었는데, 대단합니다."

"누구나 다 하는 건데요 뭐."

노인은 고개를 흔들며 웃었다. 밥을 거의 다 먹어갈 즈음, 미스 수가 돌솥비빔밥에서 나온 깨알만한 돌조각을 입속에서 꺼내 손가락 위에 올려놓았다. 미스 수는 종업원을 불렀고 종업원은 한참이 지나서야 왔다.

"저기, 이거 보이세요? 밥에서 돌이 나왔어요. 저희 밥값 못 내니까 그렇게 아세요. 당장 치과 가게 생겼어요. 이 사람들이 진짜……"

종업원은 그리 큰 돌은 아니지 않으냐는 듯한 표정으로 멀뚱하게 서 있었다. 미스 수는 화장실에 다녀오겠다고 말하고는 자리에서 일어났다. 다행히 줄이 길지 않아 금세 들어갈 수 있었다. 미스 수는 변기 위에 앉아 거친 숨을 몰아쉬었다. 미친 것들, 미친 것들. 가만히 있어도 계속 욕이 나왔다. 진애가 생활고 때문에 저런 관계를 유지한다고 믿고 싶지는 않았다. 그럼 저 관계는 뭘까. 미스 수는 머리를 흔들었다. 스트레스 때문인지 눈꼬리가 파르르 떨리기 시작했다. 미스 수는 속옷을 추키지도 않고 그대로 나가려고 몸을 움직이다가 정신을 차렸다.

진애는 노인의 뒤에 서서 재킷 입는 것을 도와주고 다시 앞으로 가 단추도 채워주었다. 노인은 미스 수의 항의 덕분에 점심을 공짜로 먹었다며 차를 사겠다고 했다. 택시를 타고 서대문을 지나 광화문광장 옆에 새로 생긴 호텔 커피숍으로 갔다. 적당한 자리를 찾고 있을 때 한 남자가 노인에게 다가왔다. 두 사람은 눈인사를 하고 친근한 얼굴로 악수를 주고받았다. 커피숍 안의 사람들은 팔걸이의자에 다리를 꼰 채 걸터앉아 광택이 나는 자신의 옷소매를 쓰다듬으며 여유롭게 대화를 나누고 있었다.

"오랜만에 우리 낮술 마실까. 넌 어때?"

진애는 미스 수를 향해 입술을 이죽거리며 메뉴판을 펼친 뒤 노인의 얼굴에 갖다대었다. 노인은 종업원을 부르더니 와인을 시켰다. 미스 수는 와인을 한 잔만 마시고 먼저 일어날 생각이었다. 세 명 다 잠깐 말이 없어져 미스 수는 커피숍 안을 둘러봤다. 아는 사람은 없었다. 진애는 노인의 얼굴에 들뜬 선크림도 닦아주고 땅콩을 집어 손바닥에 올려놓아주었다. 노인이 무슨 말을 할 때마다 고개를 젖히며 웃고, 노인의 어깨에 머리를 가볍게 얹기까지 했다. 휴대폰이 울리면 휴대폰을 꺼내 귀에 대주었다. "약 드셨어요?" "아까 내가 메모지 어디다 넣었지?" 따위의 자신들만 아는 얘기가 간간이 오갔다. 와인 잔이 두번째로 채워지고 노인이 화장실에 다녀오겠다며 자리에서 일어났다. 노인이 시야에서 벗어나기도 전에 진애가 말했다.

"너, 얼굴이 죽상이네."

"저런 노인네랑 같이 다니면 좋으냐?"

미스 수의 말에 진애가 어깨를 흔들며 웃었다. 고개를 젖히고 손뼉을 치면서 계속 웃었다. 와인 탓인지 어이가 없어서인지 미스 수도 킥킥거리기 시작했다.

"뭐 어때서, 아주 젠틀해. 내가 나중에 웃긴 얘기 해줄게. 온다! 조용히 해."

노인은 다행히 잔소리는 하지 않았다. 백 세 시대 타령이라도 할 줄 알았는데 나이 얘기도 없었다. 건강이나 인생, 한국사회 따위의 얘기도 꺼내지 않았다. 그것만도 정말 다행이었다. 미스 수는 어느 순간 노인네의 말을 경청하고 있는 자신을 발견하고는 머리를 세차게 흔들었다.

술은 사람을 용감하게 만든다. 노인은 계속해서 와인 잔을 손가락에 끼운 채 한 방향으로 돌렸고, 진애는 노인이 무슨 말을 하든 내용과 관계없이 허리를 꺾으며 웃었다. 일층 연회장에서 가족 모임을 끝낸 여자들이 걸을 때마다 소리가 나는 옷을 입고 화장실에 드나들었다. 미스 수도 여러 번 화장실에 드나들었다. 변기 위에 앉아 한숨을 쉬는 간격이 차츰 짧아졌다. 미스 수는 남의 소변이 묻기만 해도 병에 걸린다고 믿는 그런 사람이었다. 더러운 변기 위에 그냥 앉는 걸 죽도록 싫어했는데, 어느 순간엔 일회용 변기 커버도 깔지 않고 그냥 앉았다. 술 덕분에 무참한 시간이 빨리 지나갔다.

*

세 사람은 침대 위에 누워 있었다. 몸은 에스자로 휘어지고 여섯 개의 다리가 같은 쪽으로 접혔다가 다시 다른 쪽으로 일제히 접혔다. 진애는 이제 배를 잡고 웃었다. 미스 수는 노인의 목에도 둘린 깅엄 무늬 목도리를 한 손으로 잡은 채 이번에 시험에 나올 독일어 문장을 외웠다. 켄스트 두 디 프라우 디 다 슈테트? 너는 저기 서 있는 여자를 아니? 노인은 한 손을 배 위에 얹고 다른 한 손을 허공에 대고 계속 흔들면서 자신만의 리듬을 따라 흥얼거렸다. 머리 위에서 흔들리는 커다란 상들리에, 가구 꼭대기마다 올려놓은 화려한 부분 조명들이 벌떼처럼 눈앞으로 몰려왔다. 미스 수는 대낮에 술을 마신 것을 후회하지 않기로 했다. 그러나 나이가 비슷해 보이는 백화점 식당 종업원에게 화를 낸 것은 후회하기로 했다. 그녀들은 죄가 없다! 어금니가 그대로 붙어 있나, 돌이 목구멍으로 넘어가지 않았나 혀로 입속을 샅샅이 훑었다. 미스 수가 몸을 돌려 벽 쪽으로 눕자 진애도 따라서 몸을 돌리고, 노인도 몸을 돌려 벽 쪽으로 누웠다. 설마 노인의 것일까 의심스러운 따가운 수염의 감촉이 느껴져서 미스 수는 몹시 불쾌했다. 셋은 서로 몸을 쿡쿡 찌르고, 소리 내서 쿡쿡 웃고, 또다시 몸을 쿡쿡 찔렀다. 미스 수는 정신을 차리기 위해 계속 독일어 문장을 외웠다. 켄스트 두 디 프라우 디 다 슈테트? 너는 저기 서 있는 여자를 아니? 술 탓인지 절대로 외워지지 않던 문장이 저절로 입 밖으로 튀어나왔다. 이번 레벨 테스트를 통과하지 못하면 더는 학원에 다닐 수 없다고, 창피해서 더는 학원에 다닐 수 없다고 미스 수는 푸 하고 숨을 내쉬며 말했다. 켄스트 두 디 프라우 디 다 슈테트? 너는 저기 서 있는 여자를 아니?

*

월말에 미스 수의 퇴직 절차가 마무리됐다. 전 직원이 참석한 회의에서 가로 팔 센티미터, 세로 십오 센티미터 정도의 아크릴로 제작한 감사패를 받았다. 모두 같이 샤부샤부집에 가서 식사를 했고 하기 좋은 말들만 주고받았다. 직원들이 백화점 상품권을 선물로 주었다. 다들 웃는 얼굴로 미스 수에게 앞으로의 계획을 물었다. 미스 수는 조금 망설이다가 가까운 곳에 있는 사람에게만 들릴 정도의 작은 소리로 말했다.

"독일에 가려고요."

열한시 오십오분이면 튀어나가 밥을 먹고 담배를 한 대 피운 뒤 한시 전에 사무실로 들어가는 게 직장인들의 점심시간이었다. 미스 수는 이제 그런 점심시간마저도 누릴 수 없게 되었다. 다른 직원들은 다 사무실로 올라가고, 친하게 지냈던 동료가 흡연구역에서 담배를 피우는 동안 미스 수는 곁에 서 있어주었다. 새해엔 금연과 다이어트에 성공하겠다던 동료의 몸은 더 불어난 것처럼 보였다. 동료가 말했다.

"언니 다음은 나인 것 같아요. 부디 그 시기가 좀 늦게 오기를."

동료가 사무실로 들어간 뒤 미스 수는 시청광장과 남대문을 지나 남산 쪽으로 걸었다. 남대문시장 쪽으로 올라가는 언덕에서 자주색 벨벳 케이스에 담긴 감사패를 커다란 쓰레기통에 던져 넣었다. 십 년을 열심히 일한 대가가 아크릴 감사패라니.

미스 수는 순간 자신의 몸 앞에 바싹 다가와 정차한 버스의 안내판에서 극지연구소라는 행선지를 보았다. 생경했지만 미스 수는 이제 가지 못할 곳이 없었다. 교통카드가 든 지갑을 꺼내 단말기에 갖다대는 순간 버스는 벌써 남산을 낀 소월로로 접어들어 빠른 속도로 달렸다. 버스는 이내 한강 다리를 건너기 시작했고 미스 수는 몸이 강물 위를 둥둥 떠가고 있는 것 같은 착각에 빠졌다. 그때 엄마로부터 전화가 걸려왔지만 미스 수는 받지 않았다. 바로 도착한 문자메시지를 보고 미스 수는 어깨를 흔들며 웃었다.

'우리 강아지, 점심 맛있게 먹었누?'

칠십오 세인 엄마가 오십 세의 딸에게 보낸 메시지였다. 미스 수는 또 머리에 떠오르는 대표의 깅엄 무늬 목도리를 생각했다. 휴대폰을 내려다보며 대표에게 문자메시지를 보내야 하나 말아야 하나 고민했다. 무슨 말을 할 수 있을까. 그동안 감사했습니다. 나중에 찾아뵙겠습니다. 어떤 말도 하기가 싫었다.

음료를 가지고 버스에 타면 된다 안 된다, 버스에서 큰 소리로 통화하면 된다 안 된다, 몇 명 안 되는 손님을 놓고 운전기사가 버스 중심의 세상 도덕을 강조하고 있었다. 미스 수는 용기를 내어 천장에 매달린 동그란 손잡이를 하나씩 잡으며 앞으로 걸어갔다.

"기사님, 극지연구소 가려면 어디서 내려요?"

"고객님, 일단 자리에 앉아주시기 바랍니다. 위험해요. 앉아 계시면 제가 안내해드리죠."

미스 수는 자리로 되돌아가 앉았다. 어느새 버스 안의 승객은 미스 수 혼자뿐이었다.

*

"고객님, 종점입니다."

검정색 커버를 씌운 운행 일지를 챙겨 버스에서 내리던 운전기사가 미스 수가 앉아 있는 쪽을 보며 말했다. 미스 수는 놀라 잠에서 깨어났다. 휴대폰으로 노래 몇 곡을 들었을 뿐인데 상황이 이렇게 되어버린 것이 한심했다. 하지만 잠깐이라도 졸았던 것이 기분을 좀 느긋하게 만드는 데는 도움이 되었다. 미스 수는 버스에서 내렸다. 시내버스 차고지 풍경은 어디나 다 똑같았다. 번들거리는 바닥에서 찌든 기름내가 올라와 당장 자리를 뜨고 싶었다. 가방을 어깨 쪽으로 바싹 당겨 고쳐 메며 주변을 둘러봤지만 극지연구소는 보이지 않았다. 길은 공터 쪽으로만 연결되어 있었다. 공터를 지나자 여기저기에 비닐하우스와 함께 알록달록한 무언가가 거대한 산처럼 쌓여 있었다. 미스 수는 먼지투성이가 된 검은색 플랫슈즈를 잠깐 내려다보고는 죄를 지은 사람처럼 두 손을 앞으로 모은 채 계속 걸어갔다. 주변이 갈색으로 어두워지는 가운데, 저만치 비닐하우스들이 몰려 있는 위쪽 산등성이에만 유독 강하게 해가 내리쬐고 있었다.

편평한 산등성이 위의 쓰레기는 검은 망사로 뒤덮여 있었다. 그 위에 U자형으로 쓰레기를 한층 더 쌓아놓았는데 얼핏 보기에 흔한 생활 쓰레기 더미였다. 아까부터 어디선가 들려오던, 희미하게 벽을 긁어내리는 것 같은 소리는 쓰레기를 옮기는 포클레인 소음이었다. 노란색 포클레인 한 대가 아래쪽에서 작업중이었다. 미스 수는 코를 막고 서서 쓰레깃더미 위를 올려다봤다. 온갖 쓰레기들이 거대한 산처럼 쌓인 이곳저곳에서 사람들이 일을 하고 있었다. 다들 긴 집게를 들고 뭔가를 열심히 찾는 듯했다. 미스 수는 U자형의 한쪽 끝을 타고 쓰레깃더미로 올라갔다. 발밑은 푹푹 빠지고, 포클레인에서 뿜어져 나오는 흰 연기가 허공으로 흩어졌다. 오래 일한 회사에서 퇴직한 날, 이런 쓰레깃더미가 있는 곳까지 오다니. 미스 수는 얼굴이 뜨거워지는 것 같아 손으로 얼굴을 가렸다. 갑자기 저쪽 편평한 산등성이 아래쪽에서 불이 치솟기 시작했다. 검은 천을 덮은 쓰레깃더미에서 흰 연기가 솟아올랐다.

가스 냄새가 지독했다. 미스 수는 꽃처럼 알록달록한 쓰레깃더미를 보며 어떤 독일어 단어를 떠올려보려고 했지만 떠오르지 않았다. 미스 수는 쓰레깃더미를 밟고 U자형의 반대편으로 이동했다. 그리고 그 끝에서 쓰레깃더미에 무릎을 댄 채 꿇어앉았다. 멀리, 낮고 탁한 도시가 내려다보였다. 갑자기 전화가 걸려오는 것 같았다. 미스 수는 실눈을 뜨고 휴대폰을 꺼내 화면을 확인하고는 다시 핸드백 안에 집어넣었다. 저만치 막 도착한 버스가 보였지만 미스 수는 그대로 쓰레깃더미 위에 앉아 해가 지는 모습을 보고 있었다. 계속해서 전화벨소리가 이명처럼 들려왔지만 소리는 이내 작아지다 멀어지는 듯했다.

곡부 이후

진석은 두 시간 전에 산동성의 제남濟南공항에 도착했다. 공항을 빠져나가 도심으로 접어들자 곳곳이 지하철 공사중이었다. 아직 지하철이 없는 도시가 있다니 의아했지만, 지반 아래 샘이 많은 환경이라 지하철을 놓기가 까다롭다고 했다. 제남은 몹시 더웠다. 9월인데 한여름처럼 후텁지근했다. 미세먼지도 심했다. 도착한 지 채 한 시간도 지나지 않았는데 길거리 비둘기처럼 회색으로 변해버린 기분이 들었다. 목이 따끔거리고 눈이 자주 감기면서 왜 이곳에 왔는지, 좌표와 의욕을 상실한 것 같은 상태가 되어버렸다.

진석은 산동성에 대해 아는 것이 없었다. 사실 시진핑이라는 이름 말고는 중국에 대해서도 별로 아는 게 없었다. 회사에서 맥주 재료인 보리나 효모의 수입국을 중남미가 아닌 중국으로 바꾼 것은 최근의 일이었다. 정대리는 이곳 담당 직원이었는데 얼마 전 제남에서 실종 상태가 되었다. 늘 교육을 하고 주의도 주기는 했지만 납치나 실종 같은 일이 실제로 일어나는 경우는 많지 않았다. 해외영업부 차장이 중남미 출장중에 납치된 적은 있었지만 에스오에스를 제때 보내 목숨은 구할 수 있었다. 그만큼 정대리의 실종은 예상치 못했던 일이었다. 어쨌거나 이곳에서 실종된 정대리를 찾는 것이 진석이 해야 할 일이었다.

현지 컨설팅 팀 직원들과 차로 이동하면서 정대리와 같이 움직였던 지난 삼 일간의 스케줄을 보고받았다. 9월 7일부터 9일까지, 목요일에서 토요일까지 겨우 삼 일간의 짧은 출장이었다. 그 기간 동안 미팅만 삼 회였고, 삼 회 내내 정대리는 현지 컨설팅 팀과 같이 움직였다. 돌아오는 날인 토요일 아침 일곱시 무렵, 공항까지 데려다주기로 예약된 자동차가 도착해 아무리 기다려도 정대리는 로비로 내려오지 않았고, 호텔 어디에서도 그의 모습은 찾을 수 없었다. 진석은 상상력이 부족한 사람이었다. 아무리 머리를 굴려도 정대리가 뭘 했을지, 어디로 갔을지 전혀 감이 잡히지 않았다.

"전화로 이미 보고드린 대로 금요일 오후에 미팅 마치고 업체 사람들과 저녁식사 같이하고 호텔 문 앞에서 헤어졌어요. 술도 별로 안 마셨어요. 맥주 몇 잔 마시고 백주 한두 잔 더 하고. 술 때문에 실수를 할 지경은 아니었다고요. 아시잖아요 과장님도. 요즘 젊은 친구들은 절대 술 많이 안 마셔요. 정대리님은 성격이, 그러니까 말도 없는 편이었고……"

현지 컨설팅 팀은 이번 실종 사건 때문에 거래가 끊길까봐 몹시 긴장한 분위기였다. 아무리 큰 회사 직원이 출장을 와도 현지 사정을 잘 아는 사람들의 도움은 필수였기에 현지 컨설팅 팀은 대부분 출장 전에 다 확정되곤 했다. 강팀장은 짧지 않은 비즈니스 경력상 이런 일은 처음인 듯 말할 때마다 진석의 눈치를 봤다. 진석은 정대리에게 건강상의 문제가 있어 보이지는 않았는지, 뭔가 고민이 있는 얼굴은 아니었는지 물어봤지만 별다른 사항은 없었다는 대답만 돌아왔다. 진석은 또 정대리가 누군가와 신경질적인 뉘앙스로 전화통화를 하지는 않았는지, 회사로부터 욕을 먹거나 하지는 않았는지도 물어보았다.

"여기 경찰에 일단 신고는 했는데, 어떻게 움직여줄지는 몰라요."

강팀장은 정대리가 미팅했던 현지 효모 제조업체의 담당자 연락처와 미팅 장소, 식사 장소의 주소가 적힌 서류를 진석에게 건네주었다. 이틀째인 금요일 저녁식사 장소는 시내 중심에 위치한 산동대학교 옆 쇼핑센터의 식당가 중 한 곳이었다. 만일 누굴 만났다면 그곳에서 만났을 가능성이 컸다. 정대리의 동선은 그가 사무실에 제출한 출장 계획서의 내용과 완전히 일치해서 조금의 빈틈도 없어 보였다.

"벌써 이틀이나 지났는데…… 골든 타임을 놓친 것 같습니다."

강팀장의 얼굴색이 처음 만났을 때보다 한층 검은 톤으로 가라앉아 보였다. 어쨌든 점심은 먹어야 했다. 주차장에 차를 세우고 상가 안으로 들어갔다. 긴 홀 양쪽으로 식당이 끝도 없이 이어져 있어 적당한 곳을 선택하기도 어려웠다. 만두 가게로 들어가 자리에 앉자마자 회사에 전화부터 걸었다. 그사이 현지 보험업체에서 전화가 걸려와 강팀장이 내용을 알려주었다. 정대리가 비상상황에서 에스오에스를 보냈는데 보험업체에서 딴짓하다가 신호를 놓친 건 아닌지, 진석이 서울에서부터 전화로 강력하게 항의했던 내용에 대한 답변이었다. 보험업체에서는 정대리가 제남에 도착한 후로 하루에 두 번씩 안전을 확인하는 전화를 걸었다고 했다. 제조업체와 미팅중이었던 시간인 금요일 저녁 아홉시 사십오분경에도 통화를 한 기록이 있었다. 진석은 이 상황에 점심을 먹겠다고 식당에 들어온 걸 바로 후회했다. 바깥으로 나가 담배를 피우는 편이 훨씬 마음 편했을 것이다.

진석은 강팀장을 따라 보험업체로 갔다. 한국어 간판이 한두 개 섞인 건물 사층에 있다고 했는데 표지판 같은 게 전혀 없어서 강팀장도 허둥댔다. 사무실은 가재도구와 사무용품이 한 공간에 뒤섞여 있고, 키가 어른 허벅지 높이쯤 되는 아이가 직원인 아빠 옆에 달라붙어 있어 집인지 사무실인지 분간이 안 됐다. 회사에서 비싼 보험료를 낸다는 걸 알기 때문에 직원들은 약간만 신변의 위협을 느껴도 에스오에스를 쳤다. 그러나 막상 해외영업부 직원들의 안전을 책임지고 있는 업체의 허술한 상황을 눈으로 보자 진석은 막막해졌다. 보험업체 대표는 정대리를 찾으러 나가고 없다고 했다. 직원은 러닝셔츠만 입은 채 담배를 피우고 있었다.

"아직 아무것도 알아낸 게 없습니다."

아직은 보고할 게 없는데도 서울에서는 계속 전화가 왔다. 제남을 한국의 면이나 읍 단위쯤 되는 시골로 아는 것 같았다. 정대리 가족들이 한국의 휴대폰 통신사에 위치추적을 요청했지만, 현재로서는 가족은 물론 보험업체에도 알려줄 수 없다고 했다. 휴대폰 명의자가 시체로 발견되면 그때 가서는 알려줄 수 있다는 뜻일까. 상무는 전화통에다 대고 소리를 질렀다. 자신의 경력에 오점을 남기고 싶지 않은 거였다.

"빨리 찾아, 김진석. 니네 둘이 친하잖아. 어디 가서 술 처먹고 뻗어 있는 거야 뭐야. 빨리 찾아, 상상력을 동원해보라고!"

진석은 멍해져서는 상상력이라는 단어를 발음해보았다.

"여기 대표는 정대리를 찾으러 어디로 갔다는 겁니까?"

진석은 화를 누르며 강팀장에게 물었다.

"죄송합니다, 저도 잘 모르겠는데요. 그런데 좀전에 통화했더니 거기 없으면 북한 사람들이 납치한 걸로 봐야 한다고…… 농담처럼 말하더군요. 죄송합니다."

북한 탓까지 해야 하다니, 진석과 강팀장은 힘없이 웃었다. 강팀장이 다른 현지 컨설팅 팀 세팅 때문에 사무실로 돌아가고 진석은 혼자 남았다. 한 회사와만 거래하는 것도 아닐 테니 강팀장의 편의는 봐줘야 했다. 세 시간 후에 다시 만나 정대리의 금요일 저녁식사 장소였던 산동대학교 옆 식당에 가보기로 했다. 어디선가 정대리가 말끔한 얼굴로 나타날 것 같아 자꾸만 주변을 돌아보게 됐다.

*

제남은 인구가 칠백만 명이나 되는 큰 도시였다. 금세라도 손에 잡힐 듯 가까워졌다 멀어지는 인파 속에서 정대리를 찾을 수 있을까, 진석은 불안해졌다. 광장 주변에 있는 스타벅스에 들어가 아이스커피를 시키고 정대리의 소셜 미디어 계정을 뒤지기 시작했다. 인터넷은 느리고 구글은 아예 접속이 안 됐다. 하긴 지독한 자기애가 있거나 몹시 부지런하지 않고서야 하루에 열두 시간씩 근무하며 소셜 미디어 계정까지 관리하는 미친 인간은 없을 것이었다. 게다가 정대리는 부끄러움을 많이 타는 성격이었다. 진석은 노트북을 덮고 바깥으로 나왔다.

PARC66이라는 백화점에 들어가 에스컬레이터를 타고 오르락내리락하는 것 말고는 당장 할일이 없었다. 강팀장을 만나기 전에 산동대학교 쪽으로 먼저 이동해 인근을 돌아보고 싶었는데 택시가 잡히지 않았다. 진석은 할 수 없이 광장 주변 호숫가를 걸었다.

이곳은 밤마다 불꽃놀이를 하는 사람들로 붐빈다고 안내책자에 적혀 있던 걸 본 기억이 났다.

어렵게 잡은 택시를 타고 미리 적어둔 대학 이름을 보여주었다. 택시 기사는 흥에 취해 거의 지그재그로 운전했다. 차 안은 음악 소리 때문에 몹시 시끄러웠다. 제남의 다소 자유로운 분위기에 영향을 받은 탓인지 진석은 택시 안에서 약간 느슨해졌다. 질 나쁜 스피커에서 나오는 노래가 나쁘지 않았다. 노래 정보를 알려주는 휴대폰 앱을 열자 금세 제목이 떴다. '세 번의 인생을 사는 동안 복숭아꽃이 십 리 가득 흐드러지게 피었다三生三世十里桃花'.

*

진석은 산동대학교 정문 앞에 서서 학생으로 보이는 사람들 몇 명이 보온병을 들고 학교 안으로 들어가는 것을 보고 있었다. 시간이 갈수록 사람 수는 더 많아졌다. 그때 국제전화가 걸려왔다. 상무가 수족처럼 부리는 박차장이었다. 상무를 대하는 박차장을 보고 있으면 진석은 왜 자신과 상사들의 관계가 그토록 껄끄러운지 깨닫게 됐다. 박차장은 점심 메뉴를 정하는 일에서조차 상무 입안의 혀처럼 굴었다. 심지어 상무 얼굴에 묻은 티끌도 떼어내줄 정도였다. 같은 차로 이동할 때면 길이 조금만 막혀도 내비게이션으로 다른 길을 검색해 시간 차이며 거리 차이를 하나하나 상무에게 말했다. 가던 길로 가나 다른 길로 가나 결과적으로는 오 분 이내의 차이였다. 나도 좀 그래야 하는데! 진석은 늘 그렇게 생각만 할 뿐이었다. 박차장은 정대리의 가족들이 내일 제남으로 갈 것이라고 했다. 진석은 시간이 더 필요하다고 어렵게 말했다. 정대리가 현지 사정을 모르는 사람도 아니고, 어리석은 짓을 할 사람은 더더욱 아니라는 말을 덧붙이면서도 자신이 없는 건 어쩔 수 없었다. 제가 꼭 찾겠습니다. 그런 말을 하기가 너무 힘들었다.

현지 제조업체 일행과 정대리가 금요일 저녁에 간 해산물 식당은 근처에서는 꽤 유명한 곳이었다. 수조가 놓인 로비를 지나면 꽃이나 나무 이름을 문 한가운데 붙인 작은 방들이 있었는데, 모두 손님이 꽉 들어차 있었다. 강팀장의 안내로 진석은 지배인을 만났다. 정대리의 사진을 보여주고 이런 얼굴을 본 적이 없는지, 혹시 사람을 납치해가는 범죄단이 이 식당에 드나들지는 않는지 물었다. 지배인은 아주 완강한 표정으로 자기네 가게에 그런 나쁜 손님은 발도 들여놓지 못한다는 말만 반복했다. 그때 갑자기 어두운 복도 끝에서 종업원들이 몰려나와 정대리 사진을 중심으로 동그랗게 원을 그리며 섰다.

"이 사람 기억납니다. 한국의 아이돌 가수 같았어요."

정대리의 사진을 보며 웃는 종업원들을 두고 진석과 강팀장은 밖으로 나왔다. 두 사람 모두 자연스럽게 담배만 피우게 됐다. 아무런 실마리도 보이지 않자 몹시 불안해졌다. 초저녁임에도 거리는 어두웠고 공기는 겨우 지나온 여름으로 되돌아간 것처럼 갑갑하고 후텁지근했다. 난데없이 보도 한가운데서 물이 솟아올라 차도로 흘러갔다. 제남은 지하에 샘이 많다는 게 사실인 모양이었다. 그러거나 말거나 이제 이틀이 남아 있었다. 정대리를 찾으려면 뭐든 해야 했다. 진석은 구두가 물에 잠기는 줄도 모르고 차도로 흘러가는 물을 내려다봤다.

호텔로 들어갔다. 현지 컨설팅 팀에서 이미 정대리의 짐을 빼 로비 카운터에 맡겨둔 상태였다. 진석은 굳이 정대리가 쓰던 방을 예약해달라고 부탁했다. 어떤 각도로 잠이 들었는지, 창문 너머의 뷰는 어땠는지, 흔한 풍경이라도, 그 무엇이라도 보고 싶었다. 방으로 올라간 직후 벨소리가 들렸다. 호텔 종업원이 정대리의 가방을 현관에 들여놓고 뭐라 뭐라 중국어로 말하더니 공손하게 인사를 했다. 그가 손가락으로 가리키는 쪽을 보니 바나나와 야쿠르트가 놓여 있었다. 진석은 지폐를 한 장 꺼내 종업원에게 주고 바나나 껍질을 벗겨 입속에 넣었다. 정대리의 트렁크를 보자 피로가 몰려왔다. 왜 그런지 당장 열어보고 싶지는 않았다.

호텔은 원인을 짐작할 수 없는 소음이 심했다. 아래층에서도 올라오고 위층에서도 들려왔다. 뭔가 딱딱한 것이 벽에 부딪다가 떨어지고 또 부딪다가 떨어지는 소리였다. 한밤중에 자다가 잠이 깨는 것만큼 괴로운 일은 없었다. 수면유도제를 챙기지 않은 것이 후회스러웠다. 진석은 베개에 얼굴을 파묻고 죽은 사람처럼 가만히 엎드려 있었다. 아무런 의욕도 생기지 않았다. 눈물이 콧등을 넘어 반대편 뺨 쪽으로 흘러내렸다. 이렇게 고요한 순간이 되면 겨우 누르고 눌러 잠재웠던 우울함이 바닥을 치고 올라왔다. 이제 커다란 댐이 흔들릴 차례였다. 마침내 댐이 열리고 엄청난 양의 물이 움직이기 시작하면 걷잡을 수 없는 상태가 될 게 뻔했다. 그렇게 되는 것이 두려웠다. 그렇게 되면 침대는 곧장 어두운 흙구덩이로 변할 터였다. 진석은 우울함에 지고 싶지 않았다.

노트북을 열고 호텔 홈페이지에 접속해 수영장이 있는지 찾아보았다. 그런 뒤 엘리베이터를 타고 지하로 내려갔다. 지하 층수가 사층이나 되는 게 신기했다. 홈페이지상에는 분명 수영장이 표시되어 있었는데 안내 표지판은 어디에도 보이지 않았다. 진석은 언뜻 정대리가 청소년 시절에 수영 선수를 했었다고 얘기했던 것이 기억났다. 그렇다면 수영을 하다가 익사했을 리도 없었다.

수영장 대신 찾은 사우나는 일본식 온천의 외양이었다. 한 청년이 브로슈어를 꺼내 보여주며 탈의실로 안내했다. 텔레비전 화면에서는 한국과 비슷한 포맷의 오락 프로그램이 나오고 있었지만 소리는 단조로운 멜로디로 대체되어 있었다. 거품이 이는 욕조 물에서는 약간 비린내가 나는 것 같았다. 그래도 물속에 맨몸을 담갔다. 얼마간 시간이 흐른 뒤 고개를 돌려 입구 쪽을 보자, 탈의실을 안내해주었던 청년이 대리석 기둥에 기대선 채 손님이라고는 진석뿐인 탕 쪽을 쳐다보고 있었다. 오싹한 기운이 들었지만 당황한 모습을 보이고 싶지는 않았다. 조금 있다 다시 문 쪽을 쳐다보니 아무도 없었다. 긴장한 탓에 잘못 본 것인지도 몰랐다.

호텔 로비를 지나 문밖으로 나갔다. 시간을 가늠하기가 어려웠다. 뜨거운 바람이 부는 호텔 앞 도로는 삼층 정도의 높이까지 올라선 시멘트 고가로 막혀 있었다. 현관 앞은 드넓은 시멘트 바닥이었는데 그 한가운데 비현실적으로 높은 키의 나무 한 그루가 있었다. 그 나무에 붙어선 채 옷걸이를 들고 있는 여자가 한 명 보였다. 옷걸이에는 흰 티셔츠가 걸려 있었고 나뭇가지에도 길고 긴 원피스가 걸려 있었다. 여자는 말할 수 없이 말라서 거의 막대처럼 보였다.

방으로 돌아온 뒤에도 잠이 들 만하면 깨서 커튼을 열고 아래를 내려다봤다. 지나가는 사람도 거의 없는데 여자는 아직도 서서 옷을 팔고 있었다. 그러나 사실 그렇게 생각될 뿐, 아래가 너무 까마득해 제대로는 보이지 않았다. 복도에서 술 취한 중국인들이 호기있게 떠드는 소리가 들려왔다. 남은 이틀 동안 뭘 할 수 있을까. 진석은 휴대폰을 열고 사무실 단톡방에 들어가 정대리의 프로필 사진을 봤다. 친근한 얼굴이었지만 어딘가 우수가 깃들어 있는 인상인 것은 틀림없었다.

골든 타임을 놓친 것 같습니다. 강팀장이 식당으로 갈 때 한 말이었다. 골든 타임을 놓친 것 같습니다. 그 말이 계속해서 진석의 마음을 찔렀다. 결국 다시 밖으로 나온 진석은 담배를 꺼내 입에 물고 불을 붙였다. 한 손에 옷걸이를 들고 선 여자는 십오 도쯤 위쪽으로 시선을 두고 시커먼 하늘을 응시한 채 다른 한 팔엔 자기 키를 넘는 긴 원피스를 들고 있었다. 진석은 다 피운 담배를 구둣발로 비벼 끄고 여자 쪽으로 다가갔다. 여자가 고개를 돌려 진석을 쳐다봤다. 진석은 휴대폰을 들어 정대리의 프로필 사진을 여자의 눈앞에 내밀었다. 도드라진 광대뼈가 선명한 여자는 두 눈을 송아지처럼 껌뻑이며 한 손으로 어둠 속 어딘가를 가리켰다. 펄럭이는 원피스 너머로 진석도 여자가 가리키는 쪽을 쳐다봤다. 고가도로 너머의 어딘가였다.

여자가 옷걸이를 손에 든 채 진석을 따라왔다. 호텔 엘리베이터 앞까지도 계속 따라왔다. 진석은 엘리베이터가 올라가기 전에 문을 열고 나와 여자를 로비의 안내 카운터로 데리고 갔다. 영어를 하는 직원이 일하고 있는 게 다행이었다. 여자는 며칠 전에 한 남자가 황하로 가는 길을 아느냐고 물어봤다고 말했다. 그 남자 얼굴을 기억한다면서, 보여준 사진과 똑같이 생겼다고 말했다. 진석을 보는 순간 그 남자인 줄 알았다고도 했다. 강에 갔었는지 물어봤던 거라면서, 여자는 약간 웃는 듯한 표정을 지어 보였다. 외국인은 다 비슷해 보이기 마련이었다.

진석은 여자의 옷걸이를 대신 든 채 제남의 밤길을 걸었다. 넓은 제남에서 정대리를 만난 적 있는 사람을 찾은 건 행운이었다. 진석은 황하로 가는 거라고 생각하며 밤길을 따라갔다. 언제 도착

할지는 알 수 없었다. 여자는 종이로 만든 인형 같아서 발소리조차 제대로 들리지 않았다.

여자가 들어간 집의 벽면은 안팎이 모두 거친 벽돌이었다. 손에 닿는 벽돌의 감촉이 축축했다. 어린 아기가 울고 있는 집에서는 오래된 곰팡이 냄새, 나무 탄 냄새 같은 것이 났다. 여자는 부엌으로 가 국수를 끓였다. 한 공간에 부엌과 침실이 같이 있었다. 침대 위에 누워 있던 남자가 부스스 일어나 앉았다. 그러자 아기가 더 크게 울어댔다. 여자는 국수가 담긴 그릇과 젓가락을 진석의 앞에 놓았다. 셋이 앉아서 국수를 먹었다. 남자가 낮은 목소리로 무슨 말을 했는데, 마치 바깥세상이 모조리 망했느냐고 물어보는 것 같은 말투였다. 여자는 우는 아기를 데리고 와 젖을 물린 채 국수를 먹었다. 그 모습은 길에서 옷을 팔고 있을 때와는 달리, 앞으로도 끈덕지게 잘 살아갈 것처럼 다부져 보였다. 진석도 국수를 마저 먹었다. 그 집에서 나올 때 갖고 있던 지폐를 모두 꺼내 식탁 위에 올려두었다. 길이 조금 밝아진 후였다. 여자가 저만치서 진석을 부르며 따라왔다. 진석이 멈춰 서자 여자는 옷을 담은 비닐봉지를 건네주고는 자기 집으로 갔다.

*

다음날 진석은 이른 시간에 눈을 떴다. 강팀장에게 전화를 걸어 곡부에 오면 꼭 가봐야 하는 장소가 있는지 물었다.

"공자의 고향인 곡부曲阜, 태산泰山, 황하黃河."

간단했다. 그러면서 세 곳을 하루에 다 보는 건 어려우니, 꼭 하나만 고른다면 곡부에 가야 한다고 거듭 강조했다. 그는 곡부의 중국어 발음인 '취푸'를 여러 번 따라 하도록 했다.

"그런 데 말고 좀 특이한 데는 없나요?"

"어떤 곳을 말씀하시는 건지?"

"서양 애들이 신기해하는 곳이라든지, 뭐 어쨌든 유명 관광지 말고 좀 다른 데요."

"그러고 보니 정대리님도 그렇게 묻던데, 신기하네요. 아, 죄송합니다. 저도 이런 일은 처음이라서, 지금 생각났어요."

진석의 관심을 끈 곳은 잘 알려지지 않은 이 지역 경극 배우의 이름을 따서 만든 레스토랑 겸 물담배 가게였다. 강팀장이 정대리에게 그곳을 추천했다고 말했기 때문에 한번 가보기로 했다. 아니, 왠지 정대리가 그곳에 갔을지도 모른다는 생각이 들었다.

강팀장이 준 주소가 적힌 종이를 택시 기사에게 보여주었다. 제남도 서울처럼 차량이 많았다. 겨우 시내를 벗어나 얼마나 달렸을까. 소란스러움과 번잡함이 일시에 사라지더니 운치 있는 주택들이 늘어선 지역으로 들어섰다. 택시 기사는 좁은 도로를 돌고 돌아 한 집 앞에 섰다. 영어로 'Shisha'라고 적힌 간판이 보였다. 전체적으로 검은 세로줄이 그어진 나무 재질의 세련된 건물이었다. 정원의 허공을 가르는 줄에 매달린 새장이 새가 움직일 때마다 요동쳤다. 진석은 붉은 새의 깃털이 새장 밖으로 떨어져 내리는 걸 멍하니 쳐다보다가 가게에서 나온 종업원을 따라 안으로 들어갔다.

한 사람이 옆으로 누워 물담배를 피우고 있었다. 노란 빛깔의 송진으로 몸을 빚은 사람처럼, 말을 하면 몸이 사라지기라도 할 것처럼, 죽기 전까지는 결코 입을 열지 않을 것처럼 보였다. 바닥에 깐 카펫에서 오래 묵은 향이 올라왔다. 진석은 나이 어린 종업원이 안내해주는 대로 자리에 가 앉아 가져다주는 차를 마셨다. 잠시 후에 진석의 앞에도 커다란 달팽이관 모양의 물담배가 놓였다. 규칙인지 먼저 돈을 내라고 했다. 진석은 종업원에게 돈을 주고 휴대폰을 꺼내 정대리의 얼굴을 보여주었다. 그는 사진을 보는 순간 누런 이를 드러내며 웃었다. 그러고는 자신의 바지 뒷주머니에서 휴대폰을 꺼내 케이팝 스타들의 노래가 나오는 영상을 틀었다. 그때 한 노인이 소리를 질렀고, 종업원은 천진하게 웃으며 정지 버튼을 눌렀다. 진석은 황제처럼 옆으로 누워서 물담배를 피우는 대신 정원으로 나와 새장의 새를 올려다봤다. 기온이 떨어지는지 얼굴 끝으로 시원한 바람이 지나갔다. 꽁지가 긴 붉은 새가 있는 제남의 하늘은 이상하게도 맑고 깨끗했다. 새장은 더이상 요동치지 않았다.

*

유럽에서는 테러가 일어나고 남북한 간의 긴장 상태는 더욱 악화되는 동안에도 진석과 그의 친구들이 가는 바는 성업중이었다. 일차는 맛집, 이차는 바였다. 코칼레로에서 시작해 예거마이스터까지 죽자고 마셨다. 그렇게 마셔도 잘 취하지 않았다. 체력은 약해지는데 알코올 내성은 점점 강해지는 건 왜 그런지 알 수 없었다. 진석은 멤버들에게 이제 더는 바에 올 수 없을 것 같다고 말했다. 놀기도 잘하고 일도 잘하는 중년 독신남의 생활이 약간 지겹다고 말했지만 사실은 주말에 뭘 하는지, 회사에서 일거수일투족을 다 보고 있는 것만 같았다. 왠지 승진도 점점 지체되는 것 같아 나날이 불안했다. 겉도는 말만 하면서 억지웃음을 강요하는 멤버들의 얘기도 더는 듣고 싶지 않았다.

그날 음향 기계장치 과열로 지하 나이트클럽에 불이 났다. 바는 나이트클럽보다 한 층 위여서 진석은 무사히 대피할 수 있었다. 다행히 인명사고도 없었다. 아직 새벽이 되기 전이었고, 건물에서 신사동 밤거리로 게워내진 사람들은 그을음과 알코올에 절어 나무에 기대거나 길에 널브러졌다. 멤버들이 모두 집으로 돌아가고 진석은 혼자 남았다. 가로수길 입구의 차도는 일시에 한산해졌다. 그는 보도 턱에 있는 요철 모양의 가드 위에 다리를 뻗고 앉아, 이것도 오늘로 영원히 끝이라며 담배를 피워 물고 주변을 둘러봤다.

그때 요철 몇 개쯤을 건너 저만치에, 그와 똑같은 양복 차림의 회사원이 휴대폰을 내려다보며 담배를 피우고 있었다. 진석은 여러 차례 그쪽을 넘겨다보다가 아하, 하고는 자리에서 일어났다.

"안녕하십니까, 과장님."

정대리가 벌떡 일어나서 양손을 모으고 가방을 앞으로 한 채 머리 숙여 인사했다. 둘 다 똑같이 눈알이 빨갛고 머리카락은 떡이 져 있었다.

"야, 너 아직도 나를 그냥 과장이라고 부르냐, 우리 회사에 과장이 몇 명인데. 성이든 이름이든 붙이라고 몇 번 말했니. 그나저나, 이 동네엔 웬일이냐."

순간 두 사람은 동시에 바를 돌아봤다. 당황한 걸로 치면 진석이 더했고 더이상의 말은 불필요했다. 실력도 없는 놈이 젊은 애들 가는 바나 다닌다고 소문이 날 게 뻔했다.

"너 배 안 고파?"

콩나물국밥집으로 갔다. 남아 있는 그을음 때문에 두 사람 다 얼굴이 거뭇했다. 둘은 향후 좀더 안정적인 소싱 매니저가 되겠다거나, 자기 회사를 차리거나 중소기업 쪽에 높은 직급으로 이직할 계획이 있다는, 해외영업부 사람들이라면 다 하는 하나 마나 한 얘기만 나눴다. 정대리는 출장지에서 뭔가 금지된 행동을 할 만큼 도발적이거나 반항적인 스타일이 아니었다. 오히려 별로 의욕이 없는 편에 속하는 것 같았다. 하기야 어쩌면 그건 직장생활을 하는 사람들이라면 누구나 그랬고 진석 역시 그런지도 몰랐다.

콩나물국밥과 함께 마신 해장술 때문이었을까. 진석은 정대리에게 자기 집으로 함께 가자고 말했다. 진석의 집에 어머니가 아닌 다른 누군가 온 것은 과장하면 거의 사반세기 만의 일이었다. 금세 토요일 저녁이 왔고, 일요일로 넘어갈 무렵 진석은 어머니가 보내준 곰탕에 깍두기를 안주로 정대리와 술을 마셨다. 곰탕 때문에 쓸데없이 어머니 얘기를 하게 됐다.

"우리 어머니는 내가 출장 간다고 전화하면 항상 물어봐. 이번엔 또 어디라고? 거긴 너무 멀지 않니! 이번엔 가깝구나! 거긴 나도 한번 가보고 싶다! 우리 어머니는 늘 자기는 가정 때문에 꿈이 꺾여버린 사람이라고 말하곤 했어. 그 덕분에 난 우산을 놓고 학교에 간 날에도 걱정 없이 공부에 열중할 수 있었고, 냉장고에서 꺼내 전자레인지에 데워먹는 음식이 아닌 진짜 제철 음식들을 먹으며 자랐어. 어머니는 직접 쿠키 같은 걸 구워주거나 빵도 만들어주셨어. 그런데 그런 어머니를 위해 내가 한 일이 별로 없어. 결혼이 결정적이었지. 다른 일은 몰라도 결혼만은 피하고 싶었어. 그런데 사실 우리 어머니도 내가 결혼하기를 진심으로 원하지는 않았는지도 모르겠어. 어쨌든 가끔 어머니의 친구들이 내가 어머니한테 하는 걸 보면 경건함이 느껴진다고 말한대. 난 늘 어머니에게 뭔가 미안해. 어머니를 진짜 한번 웃게 만드는, 아주 행복한 순간을 만들 수 있을까, 늘 고민해. 그건 우리 아버지도 하지 못한 일이야. 사실은 내가 어릴 때 실종이 됐다가 집에서 좀 떨어진 곳에서 발견된 적이 있어. 어떻게 하다가 그랬는지는 모르겠지만, 어머니가 나를 동네에서 잃어버렸는데 인천에서 찾았거든. 나는 어떤 노인과 함께 있었는데, 며칠간 그 노인의 집에서 같이 지냈다고 했대. 그런 건 하나도 생각이 안 나는데, 어머니가 경찰서로 나를 데리러 왔을 때의 모습은 이상하게도 또렷이 생각이 나. 나를 보자마자 꼭 안아올려서는 한참이 되어도 땅에 내려놓지 못하고 계속 우는 거야. 나를 안고 경찰서 구석에 서서는 계속 울었어. 그해 겨울이 지나고였나 다음해였나 나는 학교에 다니기 시작했고, 아침이면 어머니가 책가방과 신발주머니를 들려주며 그렇게 꼭 한번씩 으스러지게 꽉 안아주셨어. 더 크면 무거워서 못 들어올릴 거라고 하면서. 그러던 어느 날 어머니가 아버지에게 이혼을 요구했어. 벼락같은 일이었지 그땐. 삼대독자 종손이던 아버지 집안에서는 난리가 났어. 친척들이 번갈아가며 집에 찾아와서 어머니를 설득하고 협박했어. 어머니의 얼굴은 노랗게 변해갔어. 어머니는 계속 친척들이 찾아오면 집을 나가겠다고 했어. 아버지는 알겠다고 말하면서 밤마다 술을 마셨지. 어떻게 해서 어머니가 아버지와 계속 살게 되었는지는 잘 모르겠어. 어쨌든 난 동네에서 드물게 동생이 없는 애였고 늘 어머니가 가출하지 않을까 불안해서 학교만 끝나면 바로 집으로 갔어."

"어른이 무슨 그런 일을 아직까지…… 과장님은 그래도 성공하셨잖아요. 일도 잘하시고. 직원들도 과장님 멋있다고 다 좋아해요. 저는 과장님처럼 회사에 오래 다닐 자신은 없어요. 회사만 가면 겁이 나고, 솔직히 회사 사람들도 좀 무서워요."

"사내자식이 무섭긴……"

진석의 말에 정대리가 상체에 힘을 주고 손가락으로 진석을 지목하며 말했다.

"당신 같은 싸움꾼들 지긋지긋해. 다들 인간도 아닌 거 알아요?"

"너도 곧 나처럼 될 거야. 야, 근데 나 부탁이 있는데."

진석이 진지한 얼굴로 정대리를 쳐다봤다.

"뭐든 들어줄게요. 재워주셨으니까. 하지만 탈모 약 같은 건 모릅니다. 그런 부탁은 사양해요."

"나 사실 아직 집에서 피자를 못 시켜 먹어봤어. 너 피자 먹을래? 어떤 피자 좋아하니? 뭐 시키면 되냐? 니가 좀 시켜봐."

정대리는 그날 밤도 진석의 집에서 잤다. 그러고는 진석의 와이셔츠와 여벌로 사놓은 속옷을 입고 회사로 출근했다. 며칠 후 정대리는 입고 갔던 옷을 깨끗이 세탁해 담은 쇼핑백을 진석의 책상 밑에 두고 갔다. 진석은 그날 이후 정대리와 친해졌다고 생각했지만 정대리는 다른 사람을 대하는 것과 똑같이 진석을 대했다. 안녕하세요, 과장님, 하고 맥없이 인사하는 것도 변함없었다. 진석은 담배를 피우다가 싱거운 인간이네, 하고 약간은 허탈한 기분이 되어 읊조리곤 했다.

해외영업부 오 년에서 십 년 차들의 의식구조로 볼 때 동료 직원과 가깝게 지내는 건 소통의 피로만 줄 뿐, 불필요하고 아무런 의미도 없는 일이기는 했다. 진석은 아침마다 책상을 닦아주고 쓰레기통을 비워주는 청소 용역 여사님들이나 가끔 택배를 대신 받아주는 경비원과 친하면 친했지 정대리와 더 친한 건 아니었다.

"야, 김진석 니가 가서 찾아와. 니네 둘이 친하잖아."

그래서 진석은 의아했다. 인터폴도 탐정도 아닌 내가 왜 거길 가야 하며, 그보다 상무는 왜 우리가 친하다고 생각했을까. 진석이 아직도 궁금해하는 것 중 하나는, 정대리와 친해지고 싶어하는 자신의 마음을 사람들이 어떻게 알았을까 하는 점이었다. 하지만 다 끝난 얘기였다. 사람만 봐도 멀미가 나고 역겨웠다. 매일 삼천여 명의 회사원들이 한 건물 안을 오르락내리락했다. 진석은 마음이 산란해져 벤치에서 일어나며 한 손으로 새장을 쳤다. 새장이 요란하게 흔들렸다.

*

결국 박차장에게 전화를 걸어 출장 기간을 연장해야겠다고 말했다. 여긴 너무 드넓어서 하루에 한 곳을 돌아보기도 힘들다고. 박차장은 관광중이냐며, 상무님에게 잘 보고하겠다고 비아냥거렸다.

곡부에 대해서도 진석은 아는 게 별로 없었다. 공자의 생로병사와 연관된 도시라는 게 진석이 아는 전부였다. 강팀장이 섭외해 보낸 운전기사는 중국어만 할 수 있어서 두 사람은 서로 전혀 입을 열지 않았다. 차창으로 쏟아져 들어오는 햇빛이 잠을 불렀다. 진석은 병든 닭처럼 졸다가 뭔가에 놀라 잠에서 깨었다.

출발한 지 두 시간이 지나 공자의 고향인 곡부에 도착했다. 곡부 입구의 식당가에서 늦은 점심을 먹었다. 운전기사는 이것저것 음식을 시키고는 테이블을 돌려 진석의 잔에 차를 따라주었다. 그들은 조용히 밥을 먹었다. 식사를 마치고 나오자마자 운전기사도 진석도 자동적으로 담배를 물었다. 몸이 늘어지며 피곤이 몰려왔다. 입구 쪽은 잠깐 보았는데도 엄청나게 넓어 보였다. 입장권을 손에 든 진석은 공자 사당을 한달음에 돌아보겠다는 듯 눈을 찌푸리며 노려봤다. 그러나 사당 내부가 그려진 안내판을 보자 아득한 기분이 들었다. 그사이 운전기사는 장기 두는 사람들 틈으로 섞여 들어가버려 더는 보이지 않았다.

붉은 유니폼을 입은 학생들이 사당 입구에 줄지어 서서 단체관람 입장을 기다리고 있었다. 공자의 기를 받아 공부 잘해 출세하고 싶은 어린 학생들이 몇백 명은 되어 보였다. 진석은 끝도 없는 아이들의 행렬 때문인지 체기를 느꼈다. 조금 전에 먹은 두부볶음의 고수 냄새가 목으로 올라왔다. 몇몇 아이들이 진석을 쳐다봤다. 저 사람, 어디 아픈 것 같지 않아? 저희들끼리 그렇게 말하는 것 같았다.

유니폼을 입은 학생들 말고도 많은 사람들이 인력거를 타거나 걸어서 사당 안으로 들어가고 있었다. 진석은 출입구 바깥에서 팔던 생수를 사지 않은 것을 후회했다. 이제 겨우 초입인데 벌써부터 숨이 차고 목이 말랐다. 사람들은 탑 앞에서 탑돌이를 하고 절을 하고 주문을 외웠다. 뭘 저렇게 비는 걸까. 진석은 의아한 듯 쳐다봤다. 그러다가 진석도 뭔가를 빌었다.

가도 가도 무덤들의 집이고, 사원이고, 다시 무덤들의 집이었다. 처진 얼굴로 길거리에 앉아 있으면 붉은 옷을 입은 학생들이 불쑥불쑥 나타나 휴대폰으로 사진을 찍고 저희들끼리 소란을 피우다가 눈앞에서 사라졌다. 진석은 사람들이 한 단계 한 단계 사당 앞으로 진입할 때마다 머리 숙여 절하는 모습을 가만히 보고 있었다.

사당은 직선으로 겹겹이 이어졌다. 진석은 곳곳의 돌에 상형문자로 새겨진 공자 철학의 흔적을 보며 그를 황제라 칭한 중국 사람들을 이해해보려고 노력했다. 그러다 어느새 공자 무덤 앞에 도착했다. 특별한 감상은 없었다. 이제는 누구도 태어난 곳으로 돌아가 죽지 않지만, 여전히 죽을 때는 태어난 곳에 돌아가는 것이 좋은 것이라고 믿는 사람들도 있구나 싶을 뿐이었다. 시원한 바람이 불며 초록색 나뭇잎들이 흔들리는 소리가 났다. 진석은 숨을 몰아쉬었다.

곡부에서 돌아와 진석은 바로 호텔로 돌아갔다. 자판기에서 맥주를 두 캔 뽑아들고 방으로 올라갔다. 정대리의 캐리어를 열었다. 예상했던 대로 짐 상태는 깨끗했다. 입은 옷도, 입지 않은 옷도 모두 팩에 담겨 있고 물건도 개별 파우치에 담겨 있어 흐트러짐이 없었다. '전기기사 필기 기출문제'라는 제목의 책이 있는 것만은 뜻밖이었다.

진석은 자다가 눈을 떴다. 그날 밤에도 벽에 기대앉아 자고 있는 정대리를 보았다. 진석은 전면이 유리로 된 호텔 창 앞에 오도카니 앉아 그때처럼 정대리를 보고 있었다.

"당신들은 그렇게 힘들게 높은 자리에 올라가서 뭘 하는지 알아야 해요. 우리를 몰아세우는 거 말고 뭘 하나요. 겨우 먹고 죽지 않을 만큼의 급여를 주면서 매일 우리를 몰아붙여요. 우리를 돈 버는 기계처럼 대하고, 그나마 마음에 조금 남아 있는 꿈 같은 거 낭만 같은 걸 다 몰아내게, 다 포기하게 만들어요."

진석은 회사원들이 나오는 드라마에서 봤던 대화를 떠올렸다.

"난 그냥 여기에 내던져진 것 같아요 과장님."

이것 역시도 드라마에 나오는 대사였다. 진석은 혼잣말을 했다.

"병신 쪼다 새끼."

진석은 유리창에 눈을 붙이고, 옷을 파는 여자가 서 있던 까마득한 저 아래 거리를 내려다봤다.

*

황하 하류를 보러 가는 길은 차가 몹시 막혔다. 시내를 벗어나 한참을 달려도 강물은 보이지 않았다. 황하에 가려면 먼저 증축 공사중인 다리를 건너야 했다. 자동차가 다리 위에 서 있는 동안 운전기사가 한 손을 들어 강 쪽을 가리켰다. 조각보 같은 강물이 잠깐씩 보이다가 이내 또 무언가가 시야를 가렸다.

운전기사는 다리를 건너 유원지 입구에 도착해 시동을 껐다. 유원지 안에 강이 가장 잘 보이는 뷰포인트가 있다고 했다. 모자를 쓴 사람이 다가와 입장료를 받았다. 어린애들이 작은 자동차 안에 다닥다닥 붙어앉은 채 바깥을 내다보고 있었다. 진석은 자꾸 뒤를 돌아보았다. 아침부터 유원지에 나온 사람들은 나무 테이블에 모여 앉아 아무것도 하지 않고 그냥 담배만 피웠다.

강 하류가 보이는 쪽으로 가는 길에는 죽은 병아리떼와 죽은 쥐떼, 쓰레기가 널려 있었다. 병든 개들이 진석과 운전기사를 계속 따라왔다. 진석은 공수병恐水病 주사를 맞지 않은 것을 또 후회했다. 해외영업부 직원들이 일반적으로 하는 다른 예방접종과 달리 공수병은 세 차례나 접종을 해야 했다. 광견병에 걸린 개가 물어도 덜 아프거나 감염이 늦는다는 게 병원의 설명이었지만 세 번씩이나 병원에 가기는 어려웠다. 계속해서 개가 따라왔다. 개는 몹시 지치고 아파 보였다. 반쯤 파먹힌 고양이 사체 앞에 가서도 냄새만 맡고는 그 자리에 주저앉아 머리를 땅에 대고 엎드렸다. 진석은 사실 겁쟁이여서 세상의 모든 큰 개들이 다 무서웠다.

진석은 사람들이 모여 있는 강둑의 뷰포인트를 찾았다. 둑 위쪽의 커다란 나무 아래였다. 강은 어마어마한 규모였고, 무엇이든 떨어지는 순간 순식간에 삼켜버리고 말 기세였다. 유연하게 휘어진 나뭇가지 아래로 땅콩버터 빛깔의 누런 강물이 흘러가고 있었다. 사람들은 거기서 강을 배경으로 사진을 찍었다. 진석은 주머니에서 담배를 꺼내 불을 붙였다. 담배를 다 피우고 난 후 누런 강물에 담배꽁초를 던졌다. 진석은 정대리가 길을 찾고 있는 중이라고 믿기로 했다. 그리고 돌아가는 대로 꼭 공수병 주사를 맞겠다고 다짐했다. 왠지 사진을 찍어대는 사람들의 목소리가 잘 들리지 않았다. 누런 땅콩버터 빛깔의 황하가 저기에서 흐르고 있다는 것 말고 다른 점은, 변한 것은 없었다. 그뿐이었다.

라플린

공항에 노인들을 픽업하러 나갔다. 남자 노인의 몸에서는 민트 향이 섞인 은단 냄새가 났고 여자 노인의 몸에서는 시큼한 위액 냄새가 났다. 오랜 세월을 산 노인들에게서 나는 그 정도의 냄새는 그냥 봐줘야 했다. 게다가 그들은 어쨌든 움직일 수 있었고 자유롭게 의사 표현도 할 수 있었다. 그런 정도의 노인들이라면 돌보는 데 별문제 없을 게 분명했다. 공항 로비에서 노인들은 아들과 연락이 됐느냐고 묻고는, 막 하늘을 날고 있는 헬기를 올려다보느라 목이 돌아가는 줄도 모르고 즐거워했다. 그건 사실 누군가 오래전에 띄워놓은 헬기 모양의 애드벌룬이었다.

노인 부부를 인계해준 항공사 직원이 숨을 헐떡였다. 여기 원래 이렇게 덥나요? 제 머리 미역처럼 달라붙었죠? 저분들 비행기 안에서 아무것도 안 먹던데, 여기요, 비행중 관찰일지 참고하세요. 그들은 열 시간이 넘는 비행시간 동안, 이륙한 지 세 시간 후에 제공된 기내식 외에는 더 먹지 않은 것으로 적혀 있었다. 출발지인 서울이라는 지명이 몹시 낯설게 느껴졌다. 맨몸으로 밖에 나갔다간 타 죽을지도 몰라요. 내가 말했고 머리칼을 손으로 매만지던 항공사 직원은 탑승객 인도 장소를 벗어나 공항 건물 안쪽으로 빠르게 사라졌다.

라플린은 해발 이천 피트, 약 육백 미터 고도에 있다. 라플린의 가장 더운 사막지대는 여름 한낮 기온이 섭씨 사십오 도까지 올라갔다. 비가 온다고 해도 일 년 강수량이 겨우 이십육 밀리미터 이내였다. 제한 급수를 한 지는 거의 십 년이 넘었고 주에서 추진하던 지하수 개발사업도 중단된 지 오래였다. 그래도 먹을 것만 있다면 라플린은 살기에 아무런 문제도 없는 근사한 도시였다.

적당히 관광시켜주고, 원하는 거 해주면 돈은 줍니다. 전화로 그 말을 한 사람은 브로커였다. 공항에서 은행 잔고를 확인해보니 돈은 벌써 입금되어 있었고 게이트 바깥에선 똥차를 빌려준 놈들이 나를 기다리고 있었다. 렌트 비용을 지불하고 돌아왔을 때 노인들은 초조한 표정으로 게이트 쪽을 보고 있었다. 라플린에 오신 것을 환영합니다! 말하고 나서도 좀 웃겼다. 오래전 라플린에 처음 왔던 때 나도 들은 말이었다.

*

라플린이라는 곳은 조금은 기이한 도시였다. 지금은 가동을 멈췄지만 댐은 이곳의 자존심이었다. 라플린에 사는 사람들은 주말이면 습관적으로 댐에 놀러갔다. 갈 때마다 39번인지 38번인지 도로 번호를 헷갈리는 것까지도 습관이었다. 또 댐으로 진입할 때 알파벳 B로 시작하는 표지판을 매번 놓치는 것도 변함없이 똑같았다. 누구나 다 자동차를 탄 채 댐까지 들어갈 수 있었다. 한때는 총을 찬 여자 경비원들이 혹시라도 발밑에 다이너마이트 같은 폭발물을 넣은 배낭이라도 숨겼을까, 강압적인 말투로 차에서 모두 내리게 했었다. 긴 스틱을 들고 명령하듯 소리치는 그들 덕분에 댐 투어는 입구에서부터 스릴 만점이었다. 그러나 트렁크를 샅샅이 뒤지던 경비원들은커녕 지금은 주차 계산원 자리조차도 비어 있었다.

댐의 역사 따위를 주제로 한 전시실의 옛날 흑백사진은 아직 그대로였다. 이 지역에 댐을 세우기 위해 수천 명의 원주민들이 동원되어 노동력을 착취당했다. 헬멧을 쓰고 커다란 굴착기를 든 채 암벽에 매달려 있는 갈색 피부의 왜소한 동양인 사진도 여전히 붙어 있었다. 저 사진을 처음으로 봤던 때, 기분이 더러워지면서 저절로 욕이 튀어나왔던 기억이 났다.

댐 전체를 보려면 어차피 차를 타고 댐을 벗어나야 했다. 금방이라도 수문이 열리고 거대한 벽을 따라 아래로 떨어져 내리는 물소리가 들릴 것만 같았다. 전부 다 삼켜버릴 듯한 소리를 내며 댐 상공을 돌던 투어용 헬리콥터 소리도 들려오는 것 같았다. 하지만 이제는 그중 무엇도 없다. 아이스크림을 파는 트럭 따위도 없다. 난 플레인 콘보다는 슈거 콘을 좋아했다.

댐 상층부의 바위산에 원주민들이 돌이나 다른 뾰족한 도구를 이용해 그린 걸로 추정되는 커다란 벽화가 남아 있었다. 그 벽화에 등을 대고 앉으면 마음이 편안해졌다. 여기 고래가 있어요. 소매 없는 흰색 원피스를 입은 여자애가 소리쳤다. 여자애는 벽화에 손끝을 댄 채 이쪽저쪽으로 왔다갔다했다. 허밍 버드예요. 새소리가 들리자 아이가 댐 아래로 몸을 날리기라도 할 것처럼 그 자리에서 폴짝폴짝 뛰며 새소리를 따라 했다. 우린 어릴 때 그걸 그냥 블랙 버드라고 불렀다.

댐 주변은 뢴트겐선처럼 지독하게 맑은 햇빛 천지였다. 댐 전시실 앞에서 여자애를 다시 봤다. 몹시 마르고 작은 몸이었다. 아이의 머리카락에 꽂힌 흰 핀이 보였다. 한국에서 누가 죽었을 때 여자들이 머리에 꽂던, 흰 리본이 달린 검은 실핀과 똑같은 모양이었다.

*

진단을 받은 후 한동안 죽은듯이 엎드려 지냈다. 루푸스lupus는 라틴어로 늑대라는 뜻이다. 오른쪽 뺨에 동그란 반점이 생기더니 몇 주 뒤에는 짓이겨진 초콜릿 색깔로 변했다. 루푸스에 가장 위협적인 건 다름 아닌 햇빛이었다. 햇빛이 없는 곳으로 가야만 했다. 세상에 그런 곳이 있기는 한가. 더구나 이곳은 사막지대이고, 라플린이었다. 의사가 입은 가운이 조금만 깨끗했어도 붙잡고 살려달라고 말하고 싶었다.

침대밖에는 의지할 곳이 없었다. 침대만이 날 위로했다. 침대에 엎드려 눈을 감으면 머릿속은 온통 불행한 생각들로 가득찼다. 그러고 보면 평생 동안 나는 단 한 번도 온전한 정신상태인 적이 없었는지도 모른다. 창을 열자 먼지 입자들이 허공으로 날아올랐다. 침대의 누런 얼룩 위에 내려앉은 먼지 입자들은 기어다니는 벌레처럼 보였다. 사막에서 날아와 창틀에 낀 노란 모래 위, 머리를 들이밀고 촉수를 세우며 허공을 향해 몸의 절반을 막 뻗치는 작은 곤충들이 보였다. 몸을 최대한 낮춰 곤충들을 자세히 들여다보았다. 곤충들은 먹을 게 없어서인지 절망해서인지, 어느 순간 저 혼자서 나동그라져 죽어버렸다. 한번은 전갈이 들어온 적도 있었다. 발을 물릴 것이라고 생각했지만, 전갈은 그냥 내 발 옆에서 큰 집게로 바닥을 지탱한 채 몇 초쯤 꼬리를 들고 있더니 침 부분이 뚝 끊어지며 죽어버렸다. 라플린에서는 모든 존재가 다 자신을 죽게끔 가만히 내버려두는지도 몰랐다.

제대로 된 음식을 먹지 못한 지 오래였다. 자주 식량 폭동이 일어났고 도살장에서는 더이상 도축이 시행되지 않았다. 소들은 대규모 컨베이어 벨트에 거꾸로 매달린 채 긴 칼로 배를 갈려 피를 쏟아내는 대신 더위 때문에 들판에서 그냥 죽었다. 사람들은 흔하디흔한 닭도 어깨 위에 올리고 다니며 반려동물로 키웠다. 닭 머리에 달린 붉은 볏에 키스를 하느라 소동을 피우는 건 흔한 일이었다. 아직 물이 마르지 않은 게 그나마 다행이었다. 그러나 물을 마시면 더 배가 고팠다. 음식을 떠올리면 금세 귀에서 들리는 소리가 커졌다. 힘겹게 일어나 냉장고 문을 열었지만 먹을 건 없었다. 뭔지 알 수 없는 흰 가루와 갈색 고체 찌꺼기가 플라스틱 용기 구석마다 빼꼭하게 끼어 있을 뿐이었다. 손가락에 가루를 찍어 혀에 가져다댔다. 배가 커다랗게 부풀었다 바람이 빠지며 한바탕 어지럼증이 몰려왔다.

며칠을 누워 있다가 침대 아래쪽 모서리에 모아놓은 광고지들을 뒤적거렸다. 아무리 뒤져도 새로운 일거리는 더이상 없었다. 자리가 있다 해도 먼 곳이면 차가 없어 갈 수 없었다. 이곳은 원래 기차가 없는, 자동차의 도시였다. 포드에서 자동차를 팔아먹기 위해 기차를 못 다니게 했다는 말도 떠돌았다. 그때 바닥에 떨어져 있던 광고지 하나가 눈에 들어왔다. 그냥 죽으라는 법은 없는 모양이었다. 게다가 어려운 일도 아니었다. 옷을 입고 탁자 위에 짧은 메모를 남긴 뒤 모텔에서 나왔다. 방값을 내겠다고 한 약속은 지키고 싶었다. 유황 오리 같은 누런 색깔의 동양 놈이 방값을 내지 않고 도망갔다는 말은 듣고 싶지 않았다. 일주일 후에는 방값을 낼 수 있을 것이었다. 사막의 햇빛과 고온에 익어 갈색으로 변한 땅 말고 주변에는 아무것도 없는 듯했다. 다행히 늘 모텔 담벼락 아래 있다 내가 나가면 모퉁이를 돌아 달아나는 회색 고양이는 아직 살아 있었다.

*

노인들을 데리고 라플린 강가를 달렸다. 저녁식사를 하고 나면 노인들이 산책이라도 하고 싶다고 말할 게 틀림없지만 지금 보는 강도 좋다고 말해둘 작정이었다. 주민들이 차에서 요트를 내리느라 소란을 떨었다. 여보, 오늘은 모래바람이 심하다는데, 우리 요트가 별장까지 무사히 갈 수 있을까. 파도도 없는 강에 오면서 서핑 보드와 엔진이 달린 제트스키까지 싣고 있었다. 바캉스 흉내내기 놀이에 질리지도 않는 모양이었다. 강변을 따라 달리는 작은 투어용 오픈카에도 모두 노인들만 타고 있었다. 목소리가 큰 중국인들과 병 치료차 온 국내 관광객 몇이 다였다. 강가라고는 할 수 없이 뜨거운 바람이 불었다. 큰 개들은 주인의 손에서 벗어나 혀를 내민 채 미친듯이 강변을 내달렸다. 고개를 돌려 뒷자리의 노인들을 봤다. 그들은 각자 다른 방향으로 얼굴을 돌린 채 자고 있었다.

노인들을 방으로 데려다주고 아래층으로 내려왔다. 호텔 본관 아래층은 전관이 다 성인 카지노였다. 바로 옆에는 어린이 카지노도 붙어 있었는데, 쓰지 않는 짐이 노끈으로 묶인 채 높이 쌓여 있었다. 바닥에 깔린 카펫은 이음매마다 들떠 동그랗게 말려 올라왔고, 아이들이 버리고 간 종이 쿠폰은 실지렁이처럼 배배 꼬여 아무데나 버려져 있었다. 아이들이 양손에 긴 종이 쿠폰을 잔뜩 들고 환호성을 지르던 때가 있었다. 아이들이 잘 자라서 자기가 번 돈을 몽땅 가지고 와 쏟아부을 때까지 번성하리라. 그러나 그토록 화려했던 카지노는 이제 없다. 바짓가랑이를 무릎까지 올린 한 동양인 남자가 기계 앞에 앉아 기괴한 소리를 질러댔다.

가도 가도 노인들뿐, 노인들과 엿같은 햇빛만!

*

낮에 찍은 사진을 다운로드해 노인들의 아들에게 이메일로 보내고 나니 밤 아홉시였다. 여기선 모두들 일찍 자고 일찍 일어났다. 불을 끄기 전에 커튼을 열고 창밖을 내다보는 습관은 아직도 고치지 못했다. 밤에 보는 창에는 속기 쉬웠다. 밤에 창을 보면 너 지금 어딨니? 따위의 재수없는 질문을 하게 됐다. 그렇다고 거울을 피할 수도 없었다. 거울에 바짝 다가섰다. 얼굴 반점은 더 커지지 않았다. 셔츠를 벗고 등을 비춰봤다. 등의 반점은 예전보다 훨씬 커 보였다. 작은 동전 크기 정도였던 게 호주머니에 넣기 더럽게 불편한 캐나다 동전 크기만하게 커졌다. 햇빛이 셔츠를 뚫고 피부를 공격하는 일에는 무방비 상태일 수밖에 없었다.

악몽을 꾸고 나면 밤이 짧아졌다. 댐이 풍경의 한가운데 수조처럼 길게 누워 있었다. 자동차들이 띄엄띄엄 댐을 지나 깊은 사막 안으로 달려가는 중이었다. 자동차 한 대가 철 막대기 같은 도로를 벗어나 퍽퍽한 흙길로 가기 위해 방향을 틀었다. 자동차가 왜 행로를 바꿨는지 알 방법은 없었다.

*

내 방은 604호였고 노인들의 방은 두 층 위였다. 807호의 문을 열고 안으로 들어갔다. 두 개의 트렁크는 짐이 모두 아래로 쏠린 듯 아래쪽이 불룩했다. 노인들은 양쪽 침대에 한 명씩 반듯하게 누워 자고 있었다. 창문도 열지 않고 에어컨도 켜지 않은 채였다. 은단 냄새와 위액 냄새가 방안 가득 섞여 있었다. 내 몸에서도 머지않아 노인들과 같은 냄새가 날 게 틀림없었다. 에어컨을 켜고 온도를 낮췄다. 라플린에 아직 전기가 들어오는 건 얼마나 다행인가. 남자 노인의 몸은 침대를 꽉 채울 정도로 길어 보였다. 한국 노인치고는 꽤 큰 키였다. 그가 참았던 숨을 토해내듯 턱을 먼저 들고는 상체를 일으켰다. 여자 노인은 악몽을 꾼 듯 머리통을 좌우로 흔들며 입술을 달싹거리다가 눈을 떴다. 남자 노인이 팔걸이의자에 앉아 있는 내 쪽으로 천천히 다가왔다. 입고 있는 블루 컬러의 줄무늬 셔츠가 잘 어울렸다. 내가 말을 놓아도 괜찮겠지? 아까 공항에서 들었을 때는 기억을 했는데 지금은 잊어버렸어. 자네 이름이 뭐라고 했지? 나는 손을 내밀려다가 그만두었다. 미스터 김입니다. 김군이라고 부르시면 됩니다. 남자 노인은 뭔가 낭패라는 듯이 이내 침대 쪽으로 상체를 조금 틀었다. 여보, 인제 그만 일어나요. 저기 미스터 김이 저녁 먹으러 가려고 아까부터 우리를 기다리잖아. 어서 일어나요. 저녁이 아니라 아침이었다. 노인들이 새벽녘에 날 호출한 것이었다. 현관 쪽에 세워둔 트렁크를 침대 옆으로 옮겼다. 남자 노인은 방 전체를 한번 둘러보고는 두 팔을 들어 양쪽으로 펼치는, 흔한 미국인 같은 제스처를 했다. 여기 오기 전에 말이야, 은퇴한 음악가들이 한집에 모여 사는 영화를 본 적이 있어. 그런 품위 있는 집을 구했으면 하네. 호텔은 역시 하루나 이틀이지. 그런가요. 저도 그 영화를 한번 찾아보겠습니다. 예의상 대답했다. 여자 노인은 아직도 몸을 일으키지 못한 채로 버둥거렸다. 저기, 어르신? 인내심에 약간 자극을 받았을 때 나도 모르게 어르신이라는 호칭을 썼다. 그건 아주 오래전 한국에서 살 때, 수원까지 택시 합승을 한 술 취한 여자가 했던 말이었다. 기사 어르신. 기사는 자기는 어르신이 아니라며 버럭 화를 냈었다. 왜? 그 대답 하나로 남자 노인에게서 카리스마가, 라플린 같은 데서 사는 근본도 모르는 놈은 한순간에 제압해버리고 마는 파워가 느

꺼졌다. 높은 자리에 있었던 사람임을 드러내고 싶어하는 듯했다. 남자 노인은 화장실 쪽으로 걸어갔다. 벽을 짚고 두 다리를 후들거리며, 여자 노인이 누워 있는 침대 쪽을 한번 돌아봤다가, 또다시 벽을 짚고 드레스룸의 전등 스위치를 켤 때까지 역시 긴 시간이 걸렸다. 노인들은 정말이지 시간을 왕창왕창 잡아먹는 기계들 같았다.

지상 최대의 천국 라플린에 오신 것을 환영합니다.

카지노는 활기가 넘치던 곳이었다. 내가 가이드를 열심히 했을 때만 해도 아침 여섯시부터 관광객들로 꽉 차 있었다. 호텔은 공간 구조상 어디로 가든 카지노를 통해야 했기 때문에 로비에서부터 지하 식당까지 늘 사람들로 붐볐다. 식당 안은 박물관 내부처럼 어두웠다. 백인 웨이트리스가 여자 노인 어깨에 라플린의 상징인 흰 천사 날개를 달아주었다. 여자 노인은 어깨를 움찔하며 울듯한 표정을 지었다. 웨이트리스도 노인이었다. 그녀는 식탁 앞으로 걸어와 테이블 세팅을 하면서 떠들기 시작했다. 난 여덟 시간도 충분히 일할 수 있는데 매니저 놈들이 네 시간 이상은 일을 안 시키잖아. 김은 이런 상황에 대해 어떻게 생각해? 그 흑인 대통령 놈이 시급을 이십 달러 이상으로 높인다더니 다 말뿐이었잖아. 쉬지도 않고 떠들 기세였다. 지난번에 할머니 동료도 그러다 과로사한 거 기억나세요? 제인 할머니였나 그랬죠. 아침에 침대에서 깨어나지 못하고 죽어버린 노인네들을 여러 명 본 터라 그저 그렇게 대답했다. 식탁에는 얇은 빵 두 쪽과 버터, 달걀프라이와 바나나 한 개뿐이었다.

나는 사실 노인네들이 음식을 먹는지 마는지 관심도 없었고 배가 고파 눈이 뒤집힐 지경이었다. 두 노인이 어느 정도 식사를 마치고 색깔만 화려한 푸딩을 먹고 있을 때, 남자 노인의 휴대폰이 울렸다. 그들의 아들에게서 걸려온 전화였다. 그래그래, 우리 걱정은 마. 네 어머니를 바꿔주마. 여자 노인은 손에 든 휴대폰을 귀에 제대로 가져다대지도 못할 정도로 손을 심하게 떨었다. 여긴 말이야, 그, 화장실 벽에 붙은 손 말리는 기계 있잖니? 윙 소리가 나는 그 기계처럼, 하루종일 뜨거운 바람이 불어. 아주 뜨겁단다. 그리고 말이야 푸드 데저트야, 엄마 말 알지? 먹을 게 아무것도 없어. 남자 노인이 여자 노인의 손에 들린 휴대폰을 빼앗아 들었다. 이봐, 그냥 잘 있다고만 해. 바쁜 애 붙들고 중언부언하지 말고. 남자 노인이 먼저 일어났고 그제야 나는 여자 노인이 먹던 빵 조각을 입에 넣고 뒤따라 일어났다. 웨이트리스 할머니가 남자 노인에게 팁을 받고는 내 엉덩이를 한 대 쳤다. 팁을 주지 않았다면 주차장까지 따라가고도 남을 사람이었다.

호텔 지하에서 강가로 나가는 출구까지는 이동 거리가 꽤 길었다. 호텔에서 제공한 전동 휠체어에 앉은 여자 노인은 남자 노인의 손을 잡고 있었다. 보폭도 작고 전동 휠체어 속도도 매우 느렸다. 둔중한 출입문이 열리고 강이 보였다. 저만치 강을 가로질러 대각선 쪽, 도시 라플린이 시작되는 입구에 서 있는 청동 입상이 보였다. 저기 동상 보이시나요? 저 사람이 이 도시를 만든 라플린이라는 사람입니다. 난사람이죠. 사막에 이런 도시를 만들다니. 노인들도, 애들도 카지노는 좋아하는 법이니까요. 투어용 오픈카 몇 대가 커다란 라이트를 매단 채 드문드문 강가를 달렸다. 엉덩이에 눈이 달린 작은 벌레들처럼 오픈카의 움직임은 코믹했다. 노인들은 오픈카를 가리키며 과장되게 웃었다. 사막의 뜨거운 바람이 할머니의 파킨슨병 증상을 낫게 해줄 겁니다. 내가 남자 노인의 귀에다 대고 말했다. 그때 어디선가 클래식 음악이 들렸다. 구스타프 말러를 여기서 듣다니, 뜻밖일세. 남자 노인은 벅찬 표정을 지었다.

라플린의 중심가는 텅 비었다. 출퇴근 시간이면 자동차로 꽉 차던 고가도로는 삐져나온 녹슨 철근만 위협적으로 허공을 향하고 있었고, 도로 표면도 온통 실금 천지였다. 유명한 한국 식당이 있던 상가건물 일층은 출입문을 엑스자로 봉한 채 붉은 김칫국물 색깔의 간판만 호러 영화 타이틀처럼 매달고 있었다. 배기팬츠를 입고 스프레이 페인트를 든 백인 청년이 가게 난간에 걸터앉아 담배를 피웠다. 이봐, 여기서 뭘 해? 내 목소리가 가닿지 않은 모양이었다. 사실 목에서 점차 기운이 빠져나가고 있었다. 어디선가 랩이 들려왔고 청년은 상가 앞마당에 빼놓은 활 모양의 환기통을 발판삼아 보드를 타기 시작했다. 레게 머리를 한 또다른 청년이 모퉁이를 돌아 보드를 타고 나타났다. 둘은 리드미컬하게 보드를 탔다. 나도 자리에서 일어나 팔을 양쪽으로 벌린 채 하체에 중심을 잡고 보드 타는 흉내를 내보려고 했다. 청년의 휴대폰에서 들려오는 음악에 조금씩 몸이 흔들렸다.

그때 유일하게 영업중인 잡화 가게에서 쇼핑을 마친 노인들이 막 걸어나왔다. 공터에서 광고지가 날아오르는 순간 길 저쪽 텅 빈 도로 너머에서 총소리가 났다. 그러거나 말거나 청년들은 건물 외벽에 붉은색 염료를 쏘아대며 그라피티를 하기 시작했고 나는 노인들을 급히 차에 태웠다. 어르신, 사막에 도시를 세울 때 사람들에게는 어떤 콘셉트가 필요했어요. 스토리가 필요했죠. 사막엔 아무것도 없잖아요. 그래서 사람들이 카지노를 세운 겁니다. 나는 쓸데없는 말을 떠들어댔다. 이봐 미스터 김, 우린 배가 고파. 남자 노인이 다소 짜증스럽게 말했다. 차를 급히 라플린 외곽으로 돌렸다. 오늘은 노인들을 데리고 통증 치료 센터에 가야 했다.

*

식당 입구에 서서 한참을 기다렸다. 도로 쪽에 서 있는 사십오인승 버스로 관광객들이 올라타는 게 보였다. 식당은 지저분하기

이를 데 없고 메뉴는 샌드위치 하나뿐이었다. 늘 그랬지만 누구 하나 나와 안내할 생각을 안 했다. 테이블 위에는 사용한 접시와 포크가 그대로 있고, 군데군데 떨어진 음식 조각이 신발에 묻어나 몹시 불쾌했다. 그릇을 치우는 일에 짜증이 나 흰자위가 거의 뒤집힐 지경인 노랑머리 종업원을 설득해 삼 인분의 샌드위치를 주문했다. 종업원이 안내해준 자리는 안쪽 테이블이었는데 그 자리에도 접시들이 수북하게 쌓여 있기는 마찬가지였다. 테이블의 가장자리를 짚고 라운드형의 소파로 기어들어가던 여자 노인이 순간 날카롭게 소리를 질렀다. 왜 하필 이런 구석자리로 우리를 안내하나? 넘어질 뻔한 여자 노인을 부축한 남자 노인이 짜증스럽게 말했다. 두 사람의 얼굴은 발갛게 달아올랐다. 그릇을 치우던 종업원은 그러거나 말거나 하던 일을 계속했다. 진짜 더러워 미치겠네. 여보, 여기 내 바지에 양상추가 묻었어. 나 안 먹을래요. 여기서 나가요. 여자 노인은 흥분한 것 같았다. 사모님, 어쩔 수 없어요, 지금은. 내가 작은 소리로 말했다. 나가봐야 갈 데도 없다는 걸 노인들은 알 길이 없었다.

지금까지 본 중 가장 빠른 걸음이었다. 늘 풀이 죽어 있던 여자 노인의 몸에서 분노가 뚝뚝 떨어졌다. 차로 가 문을 열어주고 다시 식당으로 왔다. 팁을 포함해 음식값을 계산하고 샌드위치 포장을 부탁했다. 사실은 누가 남긴 거라도 괜찮으니 음식이 더 있으면 그냥 싸달라고 말했다. 출입구에 전시해놓은 조야한 디자인의 원주민 장식품을 만지작거리며 시간을 죽였다. 샌드위치 봉투를 받아들고 천천히 걸어가 자동차 시동을 걸었다. 시트는 등을 대기조차 어려울 만큼 뜨거웠다. 룸 미러로 뒷좌석을 봤다. 노인들은 미쳐가고 있었다. 잠시 후 룸 미러를 다시 봤다. 몰골이 볼만했다. 노인들 말고 바로 내 얼굴 말이다. 크기가 다른 행성 두 개가 서로 가까워지려는 듯 내 뺨 위에서 코를 중심으로 향해 가고 있었다. 엊그제까지만 해도 반점은 하나였는데 하나가 더 생겨난 것이었다. 이런 기세라면 몸은 곧 반점으로 뒤덮일지도 몰랐다. 노인들만 아니라면 차를 몰고 높은 밸리 끝까지 올라가 아래로 추락해버리고 싶었다.

팔 킬로미터 정도를 달렸을 때 복권 판매 자동차가 스피커로 음악소리를 내며 따라오는 게 보였다. 혼자서 클랙슨까지 울려대며 달려오던 자동차는 금세 몸집이 부풀어 내 캠리 자동차 위에 산더미만한 그림자를 남기고는 추월해 지나갔다. 시끄러운 소리 때문에 잠에서 깨어난 노인들에게 나는 룸 미러를 통해 의미도 없는 미소를 지어 보였다. 조수석에는 지도가 놓여 있었다. 너무 자주 다녀서 지도도 필요 없는 지역이었지만 노인들을 어디에 버릴지는 미리 생각해둬야 했다.

조슈아 트리 군락이 보이기 시작했다. 조슈아 트리는 몸집이 큰 브로콜리처럼 생겼다. 자외선 선팅이 다 까진 자동차 유리창으로 빛이 무지막지하게 쏟아져 들어왔다. '부자의 꿈을 이룰 수 있다.'

복권 판매 자동차 뒷면에 붙은 글귀가 가까워졌다 다시 멀어졌다. 이봐 미스터 김, 속도 좀 줄여봐. 저 나무는 말이야, 왠지 문제가 있는 것처럼 보이는구먼. 뭔가 성해 보이지를 않네. 저런 것들이 풍경을 망치는군. 남자 노인이 혀를 찼다. 아까부터 차 안에서 떠도는 냄새가 있었다. 샌드위치에 들어간 양상추가 맛이 간 거였다. 나는 한 손으로 핸들을 잡고 다른 손으로 포장지를 슬쩍 열어봤다. 그때 황토색 길 위에서 미니스커트를 입고 늘어서서 확성기를 쥐고 고래고래 소리를 지르는 여자들이 보였다. 엄마, 우리 엄마야. 여자 노인이 순간 헛소리를 했다. 여자 노인은 차창에 양쪽 손바닥을 붙이고 밖을 내다보며 연극배우처럼 울상을 지었다. 사모님, 저 사람들은 엄마가 아니고 사막에서 고객을 기다리는 거예요. 그냥 일하는 거라고요. 배고프시죠? 이거라도 드실래요? 배가 고프면 이상한 생각만 들어요. 여자 노인은 내가 넘겨준 샌드위치를 받아 입에 넣고는 허겁지겁 먹느라 옆에 있는 남편은 쳐다보지도 않았다.

통증 치료 센터는 조슈아 트리 군락지를 지나 국립공원 근처에 위치해 있었다. 대형 천막 하나와 소형 천막 하나가 황토색 땅 위에 극장처럼 가로놓여 있고, 그 옆으로 주차장이 보였다. 마치 자동차극장 같군. 멀리서 통증 치료 센터를 본 남자 노인이 말했다. 모래를 채운 여러 개의 관이 일렬로 놓여 있었고, 그것을 둘러싸고 나부끼는 흰 천막이 장식의 전부였다. 간호복을 입은 남자들이 노인들의 숫자를 세어 모래가 들어가지 않게 소매와 발목 부분이 밀착되는 옷 한 벌씩과 깔개를 나눠줬다. 손목에 묶어준 붉은색 띠가 마치 사형대로 올라서는 순서를 매긴 번호표처럼 보였다.

모래 속에 들어가 몸을 담그고 가만히 누워 있는 게 치료였다. 사지말단을 심하게 떠는 노인들도 모래에 몸을 담그면 떨림의 강도가 미약해지고 통증이 완화된다고 했다. 남자 노인과 여자 노인은 옷을 갈아입고 각자의 모래 관으로 들어갔다. 나는 여자 노인에게 손을 흔들었다. 여자 노인도 날 향해 손을 흔들었다. 남자 노인과 여자 노인, 중국인들과 백인들이 관 모양의 모래 틀 안에 깃봉처럼 꽂혀 있는 게 좀 웃기기까지 했다. 모든 것이 미니멀했다.

천막 뒤로는 붉고 웅장한 사막 지형이 그림처럼 펼쳐져 있었다. 몸이 타버릴 것 같았다. 작은 텐트 쪽 끝자락에 다다라 어느 정도 시선이 멀어졌다고 판단되는 지점에서 나는 바지 지퍼를 내리고 팔을 올려 텐트 윗부분의 난간을 짚었다. 소변을 보는 중에, 이음매를 철사로 연결한 천막의 아주 좁은 틈 안으로 뭔가 보였다. 시체였다. 두 구였는데 한 명은 이미 빰이 썩고 없었다. 반바지와 셔츠가 허물어진 살을 겨우 감싸고 있었다. 한 명이 다른 한 명 쪽을 바라보고 있었다. 몸의 자세로 볼 때 부부 같았다. 그들은 영락없는 노인이었다. 난 그냥 무시하고 끝까지 볼일을 봤다.

돌아오는 길에 텐트가 있는 지점을 지도에 표시했다. 그러나 그곳에 노인들을 버릴 수는 없을 것 같았다. 붉은 노을에 비친 나무 전신주들이 꼭 시체들처럼 도열해 있었다. 누군가는 저 삼천삼백 볼트의 고압 전신주 꼭대기에서 일하다 타 죽기도 했다. 사막 저 먼 곳에서 불이 타오르고 있는 것 같았다. 어쩌면 착시였다.

노인들을 방으로 들여보내고 차에 앉아 있었다. 담배를 피우고 싶었다. 다시 차를 몰고 두 블록을 가 편의점에 들어갔다. 편의점은 한산했다. 담배를 한 대 피우고 차에서 잠깐 잠이 들었다. 누군가의 목소리가 들려 잠에서 퍼뜩 깨었다. 이봐, 당신 얼굴에 이상한 게 있어. 빨간 나비야. 누군가 창 안으로 머리를 들이밀고 말한 뒤 급히 지나갔다. 사막에서 본 여자인지도 몰랐다.

호텔 욕조에 달린 수도꼭지에서는 푸푸거리는 쇳소리가 난 후에야 물이 나오기 시작했다. 너무 피곤해서 오랜만에 몸을 담그고 싶었다. 욕조 바닥으로 몸에 묻은 먼지들이 떠내려갔다. 커다란 개라도 한 마리 있었으면 같이 얼굴을 맞대고 있고 싶었다. 늑대들은 내 얼굴과 상반신에서 장대히 자라나는 중이었다. 그들이 나보다 나았다. 온통 녹이 슨 거울로 빨간 크리스마스트리 장식처럼 양쪽 뺨에 새겨진 나비가 보였다. 날개가 커다란 빨간색 나비 한 마리와 내가 함께 있었다. 햇빛과 루푸스는 내 얼굴을 빨간 괴물처럼 만들어놓았다. 루푸스의 전형적인 반점 모양이라고, 콧구멍에 긴 털이 난 의사가 말했다. 어느 날 당신 얼굴에 빨간 나비가 보일 겁니다. 높은 산 위에서 녹은 얼음물이 기적처럼 사막으로 내려올 때도 있다던, 어렸을 때 들은 말이 갑자기 생각났다.

*

노인들은 현관 앞에 좀비처럼 서 있었다. 시계를 보니 새벽 세 시였다. 무슨 파자마 파티도 아니고 잠옷 차림에 여권이 든 클러치 백만 든 채였다. 미스터 김, 이 시간에 미안하네. 잠도 안 오고 이 사람이 자꾸 토해서. 남자 노인의 표정은 지금까지 보았던 모습과는 달랐다. 사막의 음식인 아티초크를 너무 많이 먹인 탓인지도 몰랐다. 여자 노인의 잠옷에 흰색의 토사물이 벌레처럼 묻어 있었다. 두 노인을 방으로 들어오게 했지만 해줄 수 있는 게 딱히 없었다. 여자 노인은 눈을 동그랗게 뜨고 내 몸을 감상하고 있는 것 같았다. 남자 노인은 침대 앞에 있는 팔걸이의자에 걸터앉아 두 손을 깍지 끼고 있었다. 난 배가 고파요, 장관님. 여자 노인은 슬프면서도 단호한 표정을 지었다. 바지와 후드 집업을 껴입고 두 노인을 봤다. 아래 가게에 내려가볼게요. 새벽부터 버번위스키를 마시고 있는 덩치 큰 사내들, 슬롯머신 레버를 당기고 있는 흰 머리카락의 노인들을 지나쳤다. 편의점에 있는 거라곤 바나나뿐이었다. 짐 캐리처럼 생긴 편의점 캐셔가 진지한 얼굴로 말했다. 뭐든 필요한 게 있으면 말해요. 뭐든 다! 정신 나간 놈이라고 생각하면서도 웃음이 나왔다.

여자 노인은 입술을 동그랗게 한 뒤 껍질을 벗긴 바나나를 한입 베어 물었다. 두 입쯤 먹다가 남자 노인을 보며 말했다. 여보, 난 애들과 같이 있고 싶어요. 손주들 안아보고 싶어. 남자 노인이 여자 노인의 입가에 묻은 바나나를 닦아주었다.

노인들은 내가 시킨 대로 신분증과 여권, 지갑은 호텔에 두고 나왔다는 걸 두 차례 확인시켜주었다. 우리 이제 며칠 후면 집에 가는 거죠, 장관님? 여자 노인은 발목이 드러나는 흰 바지를 입고 있었다. 남자 노인은 챙이 좁은 모자를 썼고 여자 노인은 흰 꽃이 달린 챙이 넓은 초록색 모자를 썼다. 노인들은 차를 타고 가면서 한국전쟁 때 얘기를 했다. 제주도와 부산으로 피난 갔던 흔하디흔한 얘기가 이어졌고 자동차는 프리웨이를 탔다. 여덟 시간 이상 운전을 위해 암페타민을 복용했다. 다리 건설현장에서 막노동하는 친구 놈이 권해서 시작하게 되었는데, 세상이 망해 돌아가도 약은 계속 생산됐다. 약을 먹으면 조금도 힘들지 않았다. 이봐요 미스터 김, 내가 원래 커피를 좋아하는데 우리 가다가 어디 맥도날드에라도 들를까. 남자 노인은 오늘 왠지 기분이 좋아 보였다.

편의점과 주유소를 겸하는 도로 옆 휴게소에 내려 맥도날드에 들어갔다. 화장실에서 나오다 보니 남자 노인이 영어로 종업원들과 대화를 나누고 있었다. 노인들은 분명 교양 있는 지식인들이었다. 날씨 얘기나 뭐 간단한 인사였을 테지만 상스럽지 않고 품위가 있었다. 저만치 뒤에서 반지르르 윤이 나는 스틸 외장의 대형 트럭을 닦고 있던 트럭 운전기사가 내게 손을 흔들었다. 나는 그에게 다가가 오늘 날씨가 어떨 것 같으냐고 물었다. 그는 잠깐 몸을 돌려 날 쳐다봤다. 사막에서 날씨를 물어보는 미친놈은 처음 봐, 이해할 수 없는 놈이네. 그가 말했다. 나는 누군가로부터 이해받는 것이 싫거든. 내가 대답했다. 그는 이제 완전히 몸을 돌려 나를 물끄러미 쳐다봤다. 그리고 조금 웃으며 차 옆으로 오라고 손짓했다. 트럭 측면에서는 도로가 멀리 떨어져 있었고 허리 높이까지 오는 무성한 수풀이 보였다. 그는 도로 쪽을 한번 보고는 바로 내 몸을 차로 밀어붙였다. 여기서 이러기엔 너무 덥지 않아? 나는 목을 잡힌 채 겨우 항의했지만 놈은 순간 눈을 부라리더니 내 머리통을 잡고 입술 사이로 혀를 집어넣었다. 더러운 드럼통에 몇 번은 빠졌다가 나온 것 같은 역겨운 냄새가 났다. 몸을 조금도 뺄 수 없이 힘이 셌다. 나같이 병 걸린 인간 하나를 어떻게 하는 건 놈에게 아무 일도 아니었다. 놈은 내 팔을 잡고 단추가 풀린 작업복 사이로 손을 넣어 그곳을 쥐게 했다. 무슨 강철 빔을 쥔 것 같은 느낌이었다. 놈의 물건은 세상의 무게를 알고 있었다. 내가 손을 움직이고 놈의 머리가 트럭의 스틸 측면에 부딪히면서 내 몸도 더불어 무거워졌다. 끝없이 펼쳐진 눈앞의 풀숲과 달리는 자동차들을 보던 나는 그 자리에서 꿇어앉아 놈의 그곳을 입으로 물어야 했다. 트럭에 기대서 보는 라플린의 풍경은 평화로웠다. 나는 놈이 내미는 생수병을 입에 물고 여러 차례 입을 헹궈냈다. 자, 이거 받아! 놈은 트럭에 올라가 뭔가가 든 비닐봉지를 건네주었다. 굿바이 허니! 놈이 말했다. 삼 킬로그램은 될 것 같은 수제 소시지였다. 맥도날드 휴게소에서 악몽 같은 영화 한 편을 찍은 대가였다. 노인들은 매장 창가 자리에 앉아 둘 다 팔을 괸 채 졸고 있었다. 나는 여자 노인을 부축하고 여자 노인은 남자 노인에게 기댄 채 차로 이동했다. 캠리의 백미러에 비춰본 내 얼굴은 나쁘지 않았다. 최소한 조금은 가벼워진 것 같았다.

*

암페타민은 축복이었다. 모뉴먼트 밸리까지는 육백 킬로미터 거리였다. 다른 이유는 없었다. 내가 좋아하는 장소였고 다시 보기 어려울지도 모른다는 불안감 탓에 온 것뿐이었다. 지도에 표시된 모뉴먼트 밸리는 해발 이천 미터였다. 이곳에 올 때마다 이전 생의 나는 말을 타고 서부를 이동하는 목축업자나 나바호족 인디언이 아니었나 상상하곤 했다. 무슨 색이라고 말하기 어려운 색깔들, 절묘한 형태를 이룬 웅장한 아치 모양의 기둥들이 오랜 시간의 풍화작용에 의해 켜켜이 깎여 방주처럼, 용광로 굴뚝처럼 남아 있었다. 내가 죽어도 저것들은 남아 있을 것이다. 강렬한 질투심이 타

올랐다. 밸리는 완만한 경사를 끝없이 따라가야 중심이라고 할 만한 곳에 닿을 수 있었다. 전에는 나바호족이 관리하고 입장료를 내야 들어갈 수 있었지만, 이제 우리가 이정표를 지나쳐 밸리의 안쪽으로 들어가는 것을 지켜보는 사람은 없었다. 장례비를 치르기 어려운 사람들은 모두 이곳에 와서 죽는다는 소문을 들었다. 자기 집 화단에 묻히는 것보다는 경치 좋은 곳에서 죽는 게 인간답다. 그들은 개도 고양이도 함께 데리고 와 죽는다고 했다. 인형이나 좋아하는 스카프, 담요 하나씩은 다들 가져온다고도 했다.

나도 뭔가를 가져오긴 했다. 엄마의 사진이 든 작은 원목 액자 하나가 다였다. 지금도 엄마 생각을 하면 온몸이 빳빳해지면서 가슴에서 뭔가 터져나올 것 같은 느낌에 휩싸인다. 우리 엄마는 한국전쟁 후 베이비붐 세대로 태어난 여자였다. 엄마는 하이힐을 신고, 나팔바지를 입고, 긴 머리에 얼굴의 반을 가리는 커다란 귀고리를 한 채, 혼자서 당당히 길을 건너오곤 했다. 엄마는 학생시절에 육상선수였다. 육상종목에서도 특히 멀리뛰기를 잘했다고 했다. 엄마는 나이를 알 수 없는 특이한 분위기를 풍겼다. 자주 외국사람 같단 얘기를 들었고 내가 보기엔 인디언 여자들을 닮았었다.

엄마는 내가 학교 앞 문방구에서 사다주는 오십원짜리 어린이 개그집을 보고 낄낄거리며 웃었고 늘 재미있는 얘기를 해달라고 졸랐다. 엄마는 욕도 잘해서 우리는 늘 같이 욕을 했다. 내가 이곳으로 오기 전, 그러니까 햄버거 팔다 배운 싸구려 영어로 기고만

장해 비행기를 타겠다고 했던 그 전전날 밤이었다. 엄마는 술에 떡이 되어 들어온 내가 자고 있는 침대로 와 내 등뒤에 누웠다. 엄마의 몸은 난로처럼 따뜻했다. 그런 시간의 감각은 이상하게도 살면서 다시 재현되지 않았다. 엄마가 죽었다는 소식을 들었던 날 밤 나는 밤새 울었다. 그다음날에도 그다음날에도, 거의 십 년 동안 매일 울었다.

남자 노인과 여자 노인은 둘이서 손을 꼭 잡고 차에서 내렸다. 나도 차에서 내렸다. 한쪽 팔을 내밀어 저 너머를 가리켰다. 저기 가운데 볼록 솟아난 부근까지 걸어가시면 됩니다. 바로 저곳에 주술의 장소가 있어요. 가서 몸이 낫게 해달라고 기도하세요. 죽지 않고 오래 살게 해달라고요. 인디언 여자가 나와서 어르신들을 모셔갈 겁니다. 아티초크 말고 맛있는 음식도 주고 한번 새기면 영원히 죽지 않게 해준다는 나바호 인디언 특유의 빗살 문양 문신도 새겨줄 겁니다. 그때 여자 노인이 원추형의 기둥을 가리키며 말했다. 저기가 바로 내 고향이야. 난 저기서 태어났어요, 여보! 노인들은 쉬지도 않고 밸리의 가장 중심, 안쪽 소용돌이까지 걸어들어갔다. 많이 배운 사람들이니 자신들의 끝도 예상하고 있지 않을까. 어쩌면 다시 살아 돌아와 환불을 요구할지도 모르겠다. 어쨌든 붉은 토양 때문에 아무것도 보이지 않을 때까지 나는 고객들에게서 눈을 떼지 않았다. 자동차에서 지도를 꺼내 밸리 부분에 엑스자를 그렸다. 자동차 바퀴가 점차 아래로 빠져들고 있었지만 굳이 빼내려고 애쓰지는 않았다. 밤새도록 모뉴먼트 밸리에 있고 싶었다.

*

노인들과 헤어진 지 삼 일이 지났다. 그들은 함께 죽었을 테지만 난 혼자 죽어야 했다. 손에 쥔 것들이 햇빛에 말라 가루로 변했다. 아직도 살아 있다는 걸 확인하기 위해 몇 차례 기침을 하고 손뼉을 쳤다. 문밖에서 자동차가 멈추는 소리가 들리는 것 같았다. 아이들이 재잘거리며 웃는 소리가 가까이서 들려왔고 이내 몸이 따뜻한 회색 고양이 한 마리가 내 두 팔을 딛고 어깨로 달려들었다. 회색 고양이, 라플린의 회색 고양이. 나는 저 고양이와 함께 있고 싶었다.

점퍼를 어깨에 걸치고 모텔 밖으로 나갔다. 라플린의 명물이던 흰색 풍력발전기는 멈춘 지 오래였다. 늘 라플린의 저만치 뒤에서 있던 붉은 사막과 산들은 매일 조금씩 몸집이 커져 곧 내가 있는 방향을 향해 쓰러질 것 같았다. 차도에 누워 있는 회색 고양이가 보였다. 달려가 아직 헐떡거리는 배 위에 손을 얹었다. 터진 내장에서 나온 피는 초콜릿 색깔로 짓이겨져 땅에 말라붙어버렸다. 고운 회색 털이 내 손등을 간지럽혔다. 사랑스러웠다. 예쁘고 나이든 라플린의 회색 고양이가 틀림없었다. 반쯤 남은 고양이 등을 쓸었다. 백지장처럼 납작해진 몸이 아스팔트에 붙어 잘 떨어지지 않았다. 차도 바깥의 풀숲까지 고양이를 안고 걸었다.

*

새벽녘이었다. 머리에 흰 핀을 꽂은 여자애가 어깨에 흰 레이스로 만든 커다란 천사 날개를 단 채 내 침대 앞에 서 있었다. 핼러윈 용품점에서 파는 값싸고 흔한 물건이었다. 아이는 두 손을 모은 채 발끝을 가운데로 하고 있었다. 조금은 긴장한 얼굴이었다. 아이가 머리맡으로 다가왔다. 아저씨 얼굴에 빨간 나비가 있어요. 날개가 커다란 빨간색 나비가 부채처럼 펼쳐져 있어요. 모텔방에 태양빛이 들어오기 시작했다. 아저씨 일어나요, 일어나. 저기 윈드 스콜피온이 왔어요. 나는 대답할 수 없었다. 라플린의 일출 시간이었다. 그들에게 라플린의 일출을 보여주지 않은 건 명백한 실수였다. 다음 고객에게는 반드시 라플린의 일출을 보여주겠다고 다짐했다.

해설

황예인(문학평론가)

결국 누구도 도망가지 않았다

이런 이야기들이 있다. 인물, 그가 겪는 사건, 드러나는 진실, 마침내 당도한 지점 등을 헤아리며 막바지에 이르렀는데, 매끄럽게 이해하려는 안간힘을 뿌리치고서 낯선 장면을 들이밀고야 마는. 손에 꼭 쥐고 따라온 줄 끝에 매달린 이 이미지는 하도 선명해서 독립적으로 존재하는 것처럼 보일 정도다. 이런 순간에는 당장 그 의미를 찾지 못해 초조해하기보다, 차라리 눈에 들어오는 몇몇 문장들을 타고서 어딘가로 가볼까 여유를 부리고 싶어진다. 돌고 돌아 다시 이 자리로 되돌아오게 된다고 하더라도 분석은 잠시나마 미뤄두고 싶은 것이다.

예컨대 언 강물 아래에서 분홍색 시체가 떠오르고, 이를 두려워하기는커녕 집요하게 바라보려는 남자의 모습으로 끝나는 이야기

(「두고 온 것」). 이런 장면을 한동안 곱씹다 적당한 개념을 덧붙인 후, 익숙하게 찾아올 안도감에 기대고 싶지는 않다. 읽기는 일시적일지 모르나 삶은 계속해서 이어지니 말이다.

그 대신 사소해 보이는 구절들에 먼저 다가가고 싶다. 언젠가 나의 일기 속에 쓰였거나 쓰일 것이 틀림없는, 이를테면 "삶은 달걀 두 개와 방울토마토 몇 알로 저녁식사를 하기 시작하고 뱃살이 좀 준 것도 같았다. 사실 그렇게 먹은 지 며칠 되지는 않았다. 영주는 고개를 숙인 채 묵묵히 삶은 달걀을 먹었다"(「후암 이후」, 94쪽)나 "그냥 같은 공간에 있다는 것만으로도 자신이 다른 사람을 불편하게 만든다는 느낌이 들면 몹시 절망스러웠다. 별일도 아니었다. 식곤증을 못 이겨 조금씩 졸거나 어깨가 아파 쥐고 있던 커피잔을 놓치는 정도였다. 눈이 침침해 문자메시지에 오자 한두 개를 내는 정도였다"(108쪽)처럼 세월에 따른 신체의 변화에 저항하거나 이유 없이 위축된 채 주변의 눈치를 보는 어느 날의 문장들에.

그러니까 나이라는—모두에게 다르게 체험되는 시간을 획일적으로 구획해버리는—덫에 번번이 걸리고 마는 우리가 어렵지 않게 이해할 수 있는 데서부터 시작해볼까.

*

「후암 이후」의 영주는 직장 내에서 필요한 사람 되기를 생존 전략으로 삼았던 인물로 보인다. 규정된 근무시간을 초과해 일하는 것이 그의 일상이었고, 누가 요청하지 않았음에도 잡다한 일들을 찾아내 손수 해결하는 것이 그의 보람이었다. 아마 그는 누군가에게 사랑받는 사람이 되는 것보다 필요한 역할을 해내는 사람이 되는 편이 훨씬 안전하다고 생각했을 것이다. 호오의 마음은 가변적이지만 소용되는 일은 잘만 해낸다면 항구적이라 믿었을 테니까.

하지만 방치된 어항 속 물고기를 살찌우고, 우연히 발견한 옥상의 틈새를 지나치지 않고 업체를 알아보고, 공사 비용을 절감하기 위해 수고를 마다하지 않으며 이십 년 넘게 직장생활을 해왔던 그를 기다리는 것은 "후배들을 위해 자리를 양보해라"(같은 쪽)와 같이 에둘러 표현된 권고사직이다. 이유는 확실하게 명시되지 않았으나 그의 나이 때문인 듯하다.

이러한 생존 전략과 해고 사유는 「더러운 물탱크」의 미스 수 또한 공유하고 있는 것이다. 그는 마주앉은 대표의 목에 둘린 목도리를 보며 "괜찮은 목도리를 하나 골라봐야지, 연말인데 선물을 하나 하는 것도 좋"(168쪽)겠다고 생각할 만큼 대표를 살뜰하게 챙기지만, 정작 대표는 그에게 이만 회사를 떠나달라고 청한다. 딱히 설명을 듣진 못했으나 그는 자신의 나이 때문이라는 것을 이미 알고 있으며, 그와 친하게 지내던 동료 역시 자신의 차례를 예감할 만큼("언니 다음은 나인 것 같아요. 부디 그 시기가 좀 늦게 오기를"(177쪽)) 그 이유란 자명하다.

그들의 전략이 적어도 재직 기간을 좀더 연장하는 데는 기여했다고 볼 수 있을지도 모르겠다. 하지만 애초에 쓰임을 정하는 기준과 권한이란 피고용인에게 있는 것이 아니기에 전략의 실패는 예정된 결말이라 할 수 있다. 그러므로 진짜 문제는 이다음이 될 것이다. 그들은 이 끝을 어떻게 받아들이고 있을까?

영주는 친구와 부동산을 개업하고 새로운 일을 시작했음에도 전 직장에 대한 미련을 버리지 못한 것으로 보인다. 한밤중에 빈 사무실에 몰래 숨어들어가 술을 마시며 개탄하는 것이 그의 비밀스러운 취미다. "이렇게 물건을 함부로 버리고, 지 물건들 아니라고 구석에 처박아놓는데 재정이 좋을 리가 없지. 안 그래? 내가 없으면 이 회사는 안 돌아가, 안 돌아간다구."(109쪽) 하지만 회사는 그 없이도 별 탈 없이 돌아가는 듯하고, 오직 그만이 과거에서 헤어나오지 못하고 있을 뿐이다. 어쩌면 그는 권고사직 뒤에 숨은 뜻, 당신은 더이상 쓸모 있는 사람이 아니라는 평가에 훨씬 깊은 상처를 받았는지도 모른다.

이야기의 마지막에 이르러 이러한 행위에 제동을 거는 사건이 일어난다. 영주는 며칠 전 함께 집을 보러 다녔던 손님이 무단으로 건물을 점거한 채 술에 취해 널브러져 있는 걸 발견한다. 그 순간 영주는 어째서인지 자신의 은밀한 취미를 들켜버리기라도 한 것처럼 "겁이 나"(114쪽)는 것을 느낀다.

왠지 이 모든 일이 자신을 벌주기 위해 일어난 일인 것처럼 느껴졌다. 영주는 가까스로 손님의 어깨를 흔들어보았다. 하지만 손님은 움직이지 않았다. 영주는 힘을 주어 아랫입술을 물고 손님의 어깨를 흔들었다.(115쪽)

손님을 다루는 영주의 손길은 조심스럽기만 하다. 그는 왜 이 손님—공손하게 인사를 건넬 줄 알며, 아직 직장을 다니고 있는, '빛나'라는 이름을 가진 여자—에게 일어난 상황을 마치 자신의 일처럼 여기고 있는 것일까? 세대를 달리하는 젊은 여자로부터 예상 밖의 공통점을 발견한 후 그는 어떤 충격을 받은 것일까? 자신의 상태를 단지 중년에 닥친 위기로 한정하여 설명할 수 없다는 생각에 이르게 된 것일까? 앞서 돌연한 장면에 성급하게 답을 내리지 않기로 다짐했으므로, 꼬리를 무는 질문들을 그대로 남겨둔 채 또다른 이야기의 마지막 장면으로 건너가본다.

*

미스 수는 쓰레깃더미를 밟고 U자형의 반대편으로 이동했다. 그리고 그 끝에서 쓰레깃더미에 무릎을 댄 채 꿇어앉았다. 멀리, 낮고 탁한 도시가 내려다보였다. 갑자기 전화가 걸려오는 것 같았다. 미스 수는 실눈을 뜨고 휴대폰을 꺼내 화면을 확인하고는 다시 핸드백 안에 집어넣었다. 저만치 막 도착한 버스가 보였지만 미스 수는 그대로 쓰레깃더미 위에 앉아 해가 지는 모습을 보고 있었다. 계속해서 전화벨소리가 이명처럼 들려왔지만 소리는 이내 작아지다 멀어지는 듯했다.(「더러운 물탱크」, 180쪽)

사직당해 "이제 가지 못할 곳이 없었"(177쪽)기에 미스 수는 다소 충동적으로 '극지연구소'행 버스에 오른다. 하지만 졸다가 깨어나 도착한 곳은 쓰레기 소각장. 오래도록 일한 회사에서 밀려나온 날, 반백의 그는 쓰레깃더미 위에 올라앉아 일몰을 내려다본다.

탄생과 죽음을 양끝으로 한 인생의 단계에서 중년은 그 정점에 위치한다. 오르막길, 배우고 익히며 성장하는 시기와 시행착오를 겪은 뒤 안착하는 시기. 정점, 왕성하게 활동하며 빛나는 성과를 거두는 시기. 내리막길, 쌓아온 지혜를 고스란히 간직한 채 다음 세대를 위해 기여하고 삶의 마지막을 향해 걸어가는 시기. 하지만 경험상 이런 단계들은 우리가 밟고 있는 현실과 그다지 잘 겹쳐지지 않는다. 작가는 그런 인생의 단계란 아주 먼 옛날에나 존재했을 뿐이라고 말하는 듯, 쓰레깃더미라는 정점 위에 인물을 놓아두었다.

이 장면은 미스 수의 처지를 그대로 반영하고 있기에 서글픈 느낌을 주기도 하지만, 그보다 승한 건 의외로 장렬한 쾌감이다. 미스 수는 서둘러 이 쓰레깃더미로부터 벗어나려 하지 않는다. 오히려 쓰레기들을 밟고서 꼭대기에 올라선다. 나이를 이유로 쓸모없는 사람-쓰레기 취급을 한다면 더이상 쓸모 있음-쓰레기가 아님을 애써 증명하지 않겠다고 외치는 것처럼. 왜냐하면 일하는 내내 골몰했던 그 쓸모란 자신이 규정할 수 있는 것이 아님을 드디어 알았기 때문에.

이 시원스러운 태도는 「낙산」의 '나'가 공유하고 있는 것이기도 하다. 이 이야기에서 '나'는 종로의 금이 간 길바닥과 어두침침한 골목길, 오래된 극장 등에 안도감을 느끼는 사람이다. 심지어는 낡은 극장과 자신을 "동일시하게 된다"(124쪽)고까지 표현한다. 제지회사 소속의 종이 패턴 디자이너인 그는 자신이 언제든 다른 인력으로 대체될 수 있는 존재라는 걸 의식하고 있다. 또한 삼 년째 만나고 있는 남자가 있지만, 어느 쪽도 미래를 적극적으로 기약하길 원하지 않음을 알고 있기에 임신 사실을 알았을 때 큰 갈등 없이 임신중단을 선택한다.

낡아빠졌으나 여전히 사람들이 찾는 거리에 대한 '나'의 애정은 그가 지닌 삶의 태도를 짐작하게 한다. 초라하고 누추하지만 자신의 삶이기에 '긍정'한다거나, 더 나은 선택을 할 수 없는 처지이기에 '체념'한다거나 하는 식으로 이 태도를 규정할 수는 없을 것 같다. 세상의 흥망성쇠를 사심 없이 그저 공평하게 바라보는 태도라고 말해도 좋을까? '나'는 번성이 일어나면 당연히 쇠락도 뒤따르기 마련이라는 듯, 애써 이 흐름을 바꾸려 들거나 자신의 위치를 옮기려 들지 않는다. 이 이야기의 마지막 장면도 비슷한 맥락에서 바라볼 수 있다.

> 누군가 벽에 그려진 해바라기꽃 그림을 지우고 있었다. 한 사람은 계단 위에서 한 사람은 아래에서, 커다란 공업용 붓으로 페인트칠을 하고 있었다. 하룻밤 사이에 해바라기꽃을 다 지워버릴 수 있을까. 그럼 앞으로 사진 찍으러 오는 사람들이 줄어들까. 나는 그 자리에 쭈그리고 앉아 턱을 괸 채 막 지워지고 있는 벽화 계단 그림을 바라보았다. 아래쪽에서 페인트칠을 하던 사람이 나를 돌아보고 조용히 하라며, 입술에 손가락을 가져다댔다.(138쪽)

아마 '나'는 한밤중에 맞닥뜨린 이 비밀스러운 행위에 동참할 것이다. 그가 거주하는 낙산은 관광과 예술의 대상이 되는 한에서만 요란스러운 활기를 띤다. 그렇지만 '나'는 이 활기를 열렬하게 비판하지도, 그렇다고 반색하며 환영하지도 않는다. 생활의 터전이기에 그저 필요에 따라 이용하며 살아갈 뿐. 다만 사는 일이 다소 불편해질 때면 이를 해결하기 위한 흐름에 슬쩍 발을 담근다. 해바라기 그림이 사라지면 외부인들의 소란은 딱 그만큼 줄어들지 않을까? 쓰레깃더미 속에서 벗어나지 않기로 결심한 미스 수처럼, '나'는 낙산을 낙산이게끔 하는 지금의 질서를 그대로 유지하는 길을 선택한다.

다시 「후암 이후」의 마지막 장면으로 돌아와볼까. 두려움 없이 지금을 받아들였을 때, 그 이후 찾아오는 미래는 어떤 모습을 하고 있을까? 우리는 이 미래를 어떤 방식으로 상상할 수 있을까? 제목이 지명과 '이후'로 이루어진 또다른 소설 「곡부 이후」가 이를 이해하는 데 도움을 줄 수 있을 것 같다.

*

진석은 출장중 실종된 정대리를 찾으러 산동성의 제남에 왔지만, 이상하게도 그에게서는 목적 지향적인 태도가 거의 느껴지지 않는다. 이야기의 첫머리에서부터 그는 "왜 이곳에 왔는지, 좌표와 의욕을 상실한 것 같은 상태가 되어버렸다"(183쪽)고 고백한다. 이 이유는 어렵지 않게 추측할 수 있다. 사람들은 "진석을 보는 순간 그 남자〔정대리—인용자〕인 줄 알았다"(194쪽)라고 말하고, 그의 물음에 "정대리님도 그렇게 묻던데, 신기하네요."(196쪽)라고 대꾸한다. 즉 '정대리'는 다름 아닌 '진석'이며, 「곡부 이후」는 그렇게 잃어버린 자신을 찾으려는 한 남자의 여행기로 읽을 수 있다.

이런 관점에서 한때 두 사람이 나누었던 대화는 꽤 의미심장하게 다가온다.

> "어른이 무슨 그런 일을 아직까지…… 과장님은 그래도 성공하

셨잖아요. 일도 잘하시고. 직원들도 과장님 멋있다고 다 좋아해요. 저는 과장님처럼 회사에 오래 다닐 자신은 없어요. (A)회사만 가면 겁이 나고, 솔직히 회사 사람들도 좀 무서워요."

(B)"사내자식이 무섭긴……"

진석의 말에 정대리가 상체에 힘을 주고 손가락으로 진석을 지목하며 말했다.

"당신 같은 싸움꾼들 지긋지긋해. 다들 인간도 아닌 거 알아요?"

"너도 곧 나처럼 될 거야. 야, 근데 나 부탁이 있는데."(201~202쪽, 밑줄은 인용자)

우연히 한밤의 가로수길에서 정대리를 마주친 진석은 그를 집으로 데려온다. 어린 시절에 느낀 외로움과 두려움을 고백하는 진석에게 정대리는 여태껏 그런 걸 잊지 못하냐며 가볍게 타박하면서도, 덕분에 마음의 문이 열렸는지 회사에서 느낀 감정을 솔직하게 털어놓는다. 하지만 진석이 자신의 감정을 진지하게 받아들이지 않자, 그는 돌연 태도를 바꾸어 진석에게 인간도 아니라고 일갈하기에 이른다. 이 강도 높은 비판에 진석은 대수롭지 않다는 듯 "너도 곧 나처럼" 될 것이라 응수한다.

바로 이 때문에 두 사람의 대화는 '지금'의 진석과 '과거'의 진석이 시간의 질서를 깨고 만나 나누는 대화처럼 느껴진다. 과거의 진석은 지금의 진석을 비판한다. A는 어린 시절의 감정을 다루듯 지금의 감정 또한 그렇게 다뤄달라는 요청으로 읽을 수 있지 않을까? 하지만 지금의 진석은 이를 외면한다. B는 지금의 진석이 틀림없이 회사에서 느끼고 있을 감정을 억누르고자 하는 것으로 해석할 수 있지 않을까? 결과적으로 이렇게 그는 자신을 잃어버린 상태가 되고 말았다.

그러니 황하 하류에서 병든 개들이 진석을 따라붙을 때, 서술자가 "진석은 사실 겁쟁이여서 세상의 모든 큰 개들이 다 무서웠다"(208쪽)라고 말하는 대목을 어떻게 그냥 스쳐지나갈 수 있겠는가. 이 뒤로 이어지는 진석의 마음의 변화, "진석은 정대리가 길을 찾고 있는 중이라고 믿기로 했다. 그리고 돌아가는 대로 꼭 공수병 주사를 맞겠다고 다짐했다"(같은 쪽)까지 함께 읽고 나면, 이 이상한 여행길에서 마침내 진석은 오래도록 외면해오던 자신의 연약함을 받아들일 수 있게 된 건 아닐까 짐작하게 된다.

영주가 손님을 통해, 또 진석이 정대리를 통해 그동안 마주보기를 꺼리던 자기 자신을 발견하도록 하는 이야기. '이후'가 가능해지는 건 이처럼 스스로를 골똘히 마주볼 때라고 말하려는 걸까? 그렇다면 돌고 돌아 결국 그 자리로 되돌아가게 된다. 이제 이 낯선 이미지를 조금은 친숙하게 바라볼 수 있을 것 같다. 「두고 온 것」의 마지막 장면 말이다.

*

민수는 시신의 얼굴을 자세히 보기 위해 구멍 가까이 다가갔다. 순간 시신의 얼굴이 구멍에서 약간 밀려나더니 깊고 차가운 강물 속으로 가라앉기 시작했다. 민수는 무릎을 얼음판에 댄 채 구멍에 머리를 넣었다. 마침내 분홍색 시신의 얼굴을 보았고 머릿속이 아주 시원해졌다고 느껴 머리를 더 디밀고 싶어진 순간, 민수는 구멍에서 머리를 쳐들었다.(62~63쪽)

민수는 피해망상으로 정신병원을 오가는 아내를 되돌리기 위해 과거 함께 왔었던 호텔을 찾아간다. 호텔은 보수공사를 하다 방치되어 외부인의 출입이 금지되어 있지만 그는 용케 진입에 성공한 것처럼 보인다. 하지만 이야기를 따라가다보면 그에게 일어난 사건이 아내의 발병만이 아님을 알게 되고(점퍼 샘플을 분실하여 회사에서 해고를 당한 상황) 오히려 그에게 더 심각한 문제가 있음을 눈치채게 되기에(그가 경험하는 헛소리와 헛것들), 서술되는 상황을 그대로 받아들일 수는 없다. 때문에 이 장면의 의미에 가닿기란 요원해 보인다.

하지만 앞서 문장들을 타고 이리저리 돌아다닌 덕분에 우리에겐 가능한 접근 경로가 마련돼 있다. 우선 누군가 이 소설의 제목을 빌려 인물이 '두고 온 것'이 무엇이냐고 묻는다면, 우리는 단순히 점퍼 샘플이라고 답하지 않을 것이다. 더불어 생기롭던 아내와의 사랑이나 추억 속의 호텔도 적절한 답이 아니라는 것까지 덧붙일 수 있다. 진석이 그랬던 것처럼 민수 또한 잃어버린 무언가를 찾고 있다. 그건 다름 아닌 민수 자신이다.

처음 시신을 발견했을 때, 그는 "전혀 무섭지 않"(62쪽)다고, 게다가 "무척 낯이 익"(같은 쪽)기까지 하다고 느낀다. 이 시신은 마치 피가 잘 도는 아이의 볼처럼 분홍색을 가진 것으로 묘사된다. 강물 바깥에 서 있는 무언가를 살펴보려는 듯, 이 시신의 "얼굴은 강 표면 쪽으로 떠오르려는 중이었다"(같은 쪽). 그건 아마도 민수를 향한 움직임이 아니었을까? 마치 정대리—과거의 진석이 대화를 건네오던 것처럼. 그리고 이 마지막 장면에서 민수는 시신의 얼굴을 보기 위해 강물 속에 머리를 집어넣는다. 마치 지금의 진석이 스스로를 겁쟁이라고 받아들이게 된 것처럼.

그러므로 얼음장 밑의 시신과 얼굴을 맞댄 남자의 모습이 얼핏 공포스럽거나 기괴한 느낌을 주는 것 같지만, 이내 이를 압도하는 것은 후련함이다. 서로를 보려고 강물 밖으로 얼굴을 내미는 '나'와 강물 속으로 얼굴을 들이미는 '나', 그 마주하려는 힘. 그건 작가가 쓴 문장 그대로 "머릿속이 아주 시원"해지는 느낌을 선사해준다. 언제, 어디서, 무엇을 잃어버렸는지 짐작도 하지 못한 채 엉뚱한 것들을 간절한 척 찾아다니는 우리에게도 곧 이 시원한 감각이 허락된다면.

*

이제까지의 이야기를 조금 다르게 말해볼까. 작가는 삶의 변화란 새로운 사실을 알게 됨으로써 일어나는 게 아니라, 우리가 원래 가지고 있던 것과 다시 연결됨으로써 시작된다고 여기는 듯하다. 이런 맥락에서 어른 됨 역시 다르게 바라볼 수 있을지도 모르겠다.

소설집에 등장하는 대부분의 인물이 중년에 가까운 성인들임에도 불구하고 작가는 그들의 아이 됨을 도드라지게 표현한다. "'우리 강아지, 점심 맛있게 먹었누?'/ 칠십오 세인 엄마가 오십 세의 딸에게 보낸 메시지였다"(「더러운 물탱크」, 177쪽), "엄마보다 내가 먼저 죽었으면 좋겠어. 엄마가 나 죽는 걸 지켜봐주면 안 무서울 것 같아"(「버려진 지대에서」, 89쪽), "난 힘든 일이 생기면 할머니 생각을 했다. 그러니까 할머니가 떠오르면 뭔가 힘든 것이었다"(「낙산」, 125쪽) 등 인물들은 주로 그들을 길러낸 양육자와의 관계 속에서 현재 나이와는 무관하게 여전히 보호가 필요한 연약한 존재로 자리매김된다. 이를 통해 인생의 단계란 그저 통념에 불과하다는 사실이 다시 한번 드러남은 물론이다.

그렇다고 우리가 영원히 아이와 같은 존재라고 말하는 것은 아니다. 「어른의 맛」을 통해 이를 좀더 살펴보도록 하자.

이 소설은 작가가 가진 세계관을 특히 잘 보여준다. 작가는 그

동안 작품들을 통해, 자연재해가 일상을 뒤엎는 특별한 사건이 아니라 그 자체가 일상을 구성하는 평범한 조건이라는 인식을 꾸준히 보여주었다. 물론 평범하다고 해서 사람들의 삶에 미치는 영향이 위력적이지 않다는 뜻은 아니다. 이 세계관 속에서 사람들의 삶은 의지와 무관하게 자연재해에 의해 끊임없이 영향받고 또 굴절된다.

소설에서 승신과 호연은 불륜 관계로 그려지지만 그보다는 나이 어린 남매처럼 보이는 구석이 있다. 부모 중 한쪽이 자살했기 때문에 생겨난 깊은 유대감 때문만은 아니다. 승신이 이 관계에서 원하는 것은 함께 머물 수 있는 편안하고 깨끗한 공간이다. 하지만 승신이 그런 상상을 들려주었을 때 호연에게선 "넌 참 안 변하는 거 같아. 지금 우리가 하는 대화가 성인들이 하는 대화가 맞나 싶다"(17쪽)라는 답변이 돌아온다. 만약 이 말이 호연 자신까지 포함한 것이라면 더할 나위 없이 정확한 진단일 것이다. 둘이 만날 때면 "호연은 늘 승신이 하는 얘기를 들으며 갈색 냅킨을 딱지처럼 접었고 승신은 딱지의 네 칸에 둘의 이름을 번갈아가며 적"는 것과 같은 "유치한 짓거리"(14쪽)를 반복해왔으므로.

승신의 이 바람은 옛친구 수연과 다시 만나면서 잠시나마 충족되는 듯 보인다. 어릴 적 양계장에 퍼진 바이러스 때문에 수연네는 생활의 기반을 잃어버린 채 이사를 가야만 했고, 이로 인해 두 사람은 오랫동안 연락이 닿지 못했다.

세월이 만들어낸 어색함을 간신히 밀어내며, 승신은 수연의 집으로 간다. 노인들이 죽어가는 요양병원과 젊은이들이 떠들어대는 포장마차를 지척에 둔 이 집에서 승신은 수연과 예전처럼 "어깨를 안고 서로의 뺨을 붙였다"(35쪽) 뗀다. 이처럼 승신은 호연이나 남편이 아니라 수연과 있을 때 훨씬 사랑하는 사이처럼 보인다. 이는 두 사람이 공유하는 상상("혹시 지진이 나서 집이 무너지면 어쩌지. 그렇게 되면 날 꼭 찾으러 와"(36쪽)) 때문일 터다.

이 상상은 어릴 적 함께 체험한(한순간에 분지의 양계장들이 폐허가 되어버리는) 사건에서 비롯한 것으로, 아마 두 사람이 이 세계에서의 어른 됨을 그와 같이 이해하고 있다고 보아도 좋을 것이다. 안전하다고 믿지만 집은 언제라도 단번에 무너질 수 있다는 것, 물론 그럼에도 계속해서 집을 꿈꾸며 살게 되지만. 그러니 어른 됨이란, 아무것도 없는 맨바닥, 그 흙의 맛을 헤아려보는 데에서 시작되지 않을까. 불안한 상상과 안전한 꿈 사이를 왕복하던 승신은 처음으로 흙을 머금는다. 그건 그가 아주 오래도록 묻어왔던 두려움과 담담하게 연결되는 순간이었을 터다.

*

세상 곳곳의 흥망성쇠를 초조함 없이 바라보기란 얼마나 어려운 일인지. 꼼짝없이 이를 터전 삼아 살아가야 하니까. 하지만 강영숙은 낙관과 긍정, 비관과 체념 그 어떤 단어로도 잘 잡히지 않는 독특한—그냥 여기에 똑바로 서서 그 무엇도 외면하지 않은 채 끝까지 살아가겠다는—태도로 이를 해내고 있는 것 같다. 그에게 세상 속 인간이란, 일출 속 윈드 스콜피온(「라플린」) 같은 게 아닐까. 작가는 루푸스를 앓고 있어 절대적으로 햇빛을 피해야만 하는 인물에게 태양이 작열하는 라플린의 가이드를 맡겨두었다. 그는 끊임없이 죽음을 생각하지만 살아서 미래의 계획을 세운다. 다음 가이드 때는 틀림없이 일출을 보여주겠다고. 윈드 스콜피온의 또다른 이름은 태양으로부터 도망친 자라는 뜻을 가진 솔리푸개Solifugae. 결국 누구도 도망가지 않았다.

작가의 말

단편소설은 사적인 기록에서 비롯될 때가 많기 때문에 어떻게 보면 일기 같은 것이기도 하다. 내가 있던 장소와 시간, 그곳에 우연히 스며든 소음과 몇 개의 이미지에서부터 이야기는 시작된다. 도시와 사람들, 외로움과 두려움, 충동과 불안 등 말하고 싶은 것은 많지만 늘 역부족이다. 이번 소설집을 작업하면서 필름 다이어리처럼 그것이 거기에 있었음을 증명하는 것 말고는 의미 있는 이야기가 되지 못하는 내 소설을 맞닥뜨렸다. 본 것을 본 대로 배치하는 일 말고는 제대로 한 것이 없는 것 같다.

다만 무엇이든 작은 것이라도 기록하고 싶다는 열망에서 비롯한 관찰이 전부인, 스스로 쓰는 부고장 같은, 아직 이야기가 되지 못한 소설들을 한 장의 엽서에 담았다. 늘 그렇듯이 이번 엽서의 테마도 미진한 나 자신이다. 다음에는 더 많이 기록하되, 지금 여기 있는 수많은 실수들을 극복하고 더 나은 글을 쓸 수 있었으면 좋겠다.

나를 지금까지 이끌어준 엄마에게 이 소설집을 바친다. 언제고 엄마가 아프게 되는 날이 오리라 각오는 했지만 지난여름 내내 항암과 방사선 치료로 인해 피부가 까맣게 타들어가는 엄마를 지켜봐야 했다. 나는 충격을 받았고 엄마가 불타고 있다고 헛소리를 했다. 엄마가 실망하지 않고 병을 이겨낼 수 있기를, 지금보다 덜 고통스럽기를, 나보다 더 오래 살기를 바라는 마음으로 이 책을 낸다.

책 앞에 붙인 헌사는 에드위지 당티카Edwidge Danticat의 『남아 있는 날들의 글쓰기』에서 인용했다. 에드위지 당티카와 그의 어머니의 이야기를 읽을 수 있었음에 감사한다.

2021년 12월

강영숙

| 수록 작품 발표 지면 |

어른의 맛 …… 『문학동네』 2016년 가을호

두고 온 것 …… 『창작과비평』 2017년 봄호

버려진 지대에서 …… 『릿터』 2020년 8/9월호

후암 이후 …… 『한국문학』 2020년 상반기호

낙산 …… 문장 웹진 2017년 1월호

스모그를 뚫고 …… 웹진 비유 2020년 1월호

더러운 물탱크 …… 『문학과사회』 2018년 봄호

곡부 이후 …… 『한국문학』 2018년 상반기호(발표 당시 제목은 '곡부')

라플린 …… 『악스트』 2016년 9/10월호

문학동네 소설집
두고 온 것

초판인쇄 2021년 12월 1일
초판발행 2021년 12월 10일

지은이 강영숙
책임편집 오윤 | 편집 김내리 이상술
디자인 강혜림 유현아
마케팅 정민호 이숙재 우상욱 정경주
홍보 김희숙 함유지 이소정 이미희
제작 강신은 김동욱 임현식 | 제작처 영신사

펴낸곳 (주)문학동네 | 펴낸이 염현숙
출판등록 1993년 10월 22일 제406-2003-000045호
주소 10881 경기도 파주시 회동길 210
전자우편 editor@munhak.com | 대표전화 031) 955-8888 | 팩스 031) 955-8855
문의전화 031) 955-3578(마케팅) 031) 955-8864(편집)
문학동네카페 http://cafe.naver.com/mhdn | 트위터 @munhakdongne
북클럽문학동네 http://bookclubmunhak.com

ISBN 978-89-546-8021-9 03810

www.munhak.com